Anna Otti

Liebe die Wahrheit oder die Pflicht

»Nur dein Herz kann dir sagen, was du machen sollst, Julie. Niemand sonst.« Clara nimmt meine Hand. »Ich will dir nur sagen, dass man mit fast jedem Mann ein paar unbeschwerte Monate haben kann. Das ist nicht schwer. Aber man steht nicht mit jedem drei Schicksalsschläge durch.«

W0296116

Lesen ist das Einzige, bei dem sich die Tirolerin Anna Otti durch nichts ablenken lässt.
Nach einem nächtlichen Traum über eine Liebesgeschichte hat sie beschlossen, diese zu Papier zu bringen und ihre Leser damit in ihre Gefühlswelt eintauchen zu lassen.
Mit der Umsetzung ihres Romans ist der Spruch (den keiner mehr hören kann): Träume nicht dein Leben, sondern lebe deinen Traum auch endlich mal zur Realität geworden.
Einige lange Nächte des Schreibens und viele Paletten Energydrinks später kann sie Ihnen endlich ihren Traum präsentieren.

Für meine Mama.

Alles Gute zu deinem 50. Geburtstag.

Dein erster Geburtstag im Himmel.

Ich vermisse Dich.

Impressum

Anna Otti
Innstraße 1a
6063 Rum
Österreich

Titel: Liebe die Wahrheit oder die Pflicht
ISBN: 979-8-399-47741-1
Imprint: Independently Published

Das Werk, einschließlich seiner Teile, ist urheberrechtlich geschützt. Jede Verwertung ist ohne Zustimmung des Verlages und des Autors unzulässig. Dies gilt insbesondere für die elektronische oder sonstige Vervielfältigung, Übersetzung, Verbreitung und öffentliche Zugänglichmachung.

© 2023 Anna Otti

Viel Spaß beim Lesen meines Romans!

X	I	N	C	R	Q	Y	R	Z	R	X	A	J	L	T	Z	P	B
R	P	Y	U	K	D	S	N	P	Y	F	Y	D	Z	G	Q	X	R
Q	N	L	R	Z	V	E	R	P	F	L	I	C	H	T	U	N	G
K	Y	Q	T	B	I	P	V	Z	X	P	T	Q	B	Y	N	Z	C
I	T	I	N	S	R	N	B	P	I	F	R	D	R	B	V	N	B
T	N	V	K	B	L	C	D	N	A	Y	Q	N	S	L	D	P	R
O	Q	P	T	P	Y	V	L	H	B	K	U	B	N	V	X	B	I
R	X	Y	E	C	K	Z	C	N	V	Z	B	S	B	E	R	V	D
E	I	P	K	T	R	S	V	Y	R	R	L	T	S	R	X	P	N
N	L	R	P	I	N	X	S	U	X	S	Z	Y	P	L	Y	C	V
R	K	Q	Y	E	A	C	L	Q	J	R	L	S	P	U	I	T	Q
Z	P	X	D	K	Y	Q	R	P	T	F	N	C	X	S	Z	A	U
R	A	I	Z	V	Q	L	P	B	S	B	K	Y	A	T	L	Z	Q
A	E	B	Q	L	N	Y	Q	I	J	V	B	A	I	V	P	Y	L
L	O	R	X	T	F	A	H	C	S	D	N	U	E	R	F	Z	I
H	C	U	I	R	L	N	Y	S	U	R	I	N	T	U	Y	S	X

Hier oben findet ihr fünf Wörter, die ihn perfekt beschreiben!

(Waagrecht, senkrecht, diagonal, in und gegen die Leserichtung)

Julie

Sonntag, 1. April

Trennung. Ich hätte nie gedacht, dass ich dieses Wort in meinem Leben jemals verwenden müsste. Tren-nung bedeutet Auseinanderreißen, Absondern. Ein Ganzes auseinanderbringen, in seine einzelnen Bestandteile zerlegen.

Und genau das passiert gerade in diesem Moment.

Eine Einheit, die seit sieben Jahren besteht. Seit dem Tag, an dem ich sechzehn bin. Die mein ganzes Leben bedeutet und eingenommen hat, wird gerade in diesem Moment auseinandergerissen, zerstört, in ihre Einzelteile zerlegt.

Doch das größte Problem daran ist, dass es sich zugleich so richtig und doch so falsch anfühlt.

Es tut so verdammt weh und trotzdem bereitet es mir so viel Erleichterung. Es beflügelt und zerstört mich.

Es bereitet mir Angst und Euphorie. Ist das in so einer Situation normal oder stimmt etwas nicht?

Stimmt etwas mit mir nicht?

Nate hört nicht auf zu reden, aber mir dröhnt einfach nur der Kopf.

Ich will dieses Gespräch jetzt nicht führen, ich will es niemals führen. Aber es muss sein.

Die letzten drei Jahre waren wohl eher eine beziehungsverlängernde Maßnahme. Als müssten wir an Maschinen hängen, um uns irgendwie am Leben zu erhalten.

Aber wen wunderts? Wer macht in unserem Alter auch drei Schicksalsschläge in drei Jahren durch?

Ich meine, dass mein Dad stirbt, war vorauszusehen. Er war immerhin krank, seit ich denken kann.

Aber dass meine Mum nicht die Stärke hatte, den Schmerz mit mir gemeinsam durchzustehen und sich lieber feige aus dem Leben verabschiedet hat, will mir einfach nicht in den Kopf.

Ist doch ganz klar, dass mich diese Zeit verändert hat.

Keiner kann von mir erwarten, dass ich den ganzen Tag lache und auf heile Welt mache.

Aber das Absurde ist ja, dass Nate es gar nicht von mir erwartet.

Er ist noch viel depressiver als ich. Ich habe ihn seit dem Autounfall seines Bruders kein einziges Mal mehr Lachen sehen. Und der Unfall ist immerhin schon drei Jahre her.

Ich weiß einfach nicht, was ich noch machen soll.

Er lässt sich durch nichts ablenken oder aufheitern. Und um ehrlich zu sein, habe ich keine Kraft mehr.

Ich habe selbst genug Probleme. Eigene Probleme. Irgendwie ein komischer Gedanke.

Früher waren es immer unsere Probleme. Aber das ist ab heute wohl Geschichte.

»Julie, hörst du mir überhaupt noch zu?«, ertönt es in meinen Ohren. Ich richte meinen Blick wieder zu Nate und versuche, ihm in die Augen zu schauen.

»Ähm, ja sicher.« Nein, eigentlich nicht. Aber er ist ja nicht blöd, das ist ihm sicher sofort aufgefallen.

Seine Intelligenz ist immerhin eines der Dinge, die ich immer am meisten an ihm geliebt habe. Habe. Wir sind jetzt also schon in der Vergangenheitsform angekommen. Na großartig.

So wollte ich diesen Tag nicht verbringen.

Warum sind wir nicht einfach ins Kino gegangen, wie

ausgemacht?

Warum habe ich nicht einfach meine Klappe gehalten?

Wir hätten noch ein oder zwei Jahre so weitermachen können wie bisher.

Bis wir beide bereit gewesen wären, uns nicht nur für ein halbes Jahr zu trennen, sondern ganz.

Vielleicht hätten wir die Beziehung auch einfach weitergeführt, wer weiß das schon.

Ich hätte mein Leben darauf verwettet, dass wir für immer zusammenbleiben. Ja okay, wir hatten vielleicht nie die stürmischste und leidenschaftlichste Liebe.

Aber sie war einfach. Es hat gepasst. Wir haben uns den Rücken gestärkt und einander alles gegönnt. Das ist doch mehr wert als stürmische Leidenschaft.

Wären andere aus den letzten drei Jahren als Team und noch stärker herausgegangen? Wer weiß das schon.

Ich glaube kaum, dass es irgendwo auf der Welt einen ähnlichen Fall gibt.

Vielleicht sind wir auch einfach viel zu früh zusammengekommen. Immerhin war ich erst sechzehn, als ich Nate kennengelernt habe. Das ist verdammt jung.

Noch dazu sind wir in dieselbe Klasse gegangen und haben uns von einem auf den anderen Tag einfach ständig gesehen. Wir haben in den letzten Jahren fast keinen Tag mehr getrennt voneinander verbracht. Ich muss erst wieder lernen, wie es ist, ein Individuum zu sein. Und Nate muss lernen, mit seiner Trauer allein klarzukommen.

Nate sieht mich an. »Gut, dann sag mir bitte, was du davon hältst, wenn wir am 1. Oktober nochmals reden?«

»Und was soll das bitte bringen?«, rutscht es aus mir heraus. Vielleicht wollte ich es auch sagen. Ich weiß es nicht.

»Willst du unsere gemeinsame Zeit einfach so wegwerfen? Sieben verdammte Jahre?« Er seufzt und lehnt sich zurück.

Na ja, wenn man es genau nimmt, wirft er sie gerade weg.

Er hat soeben eine Trennung auf Zeit vorgeschlagen. Gibt es sowas überhaupt? Und wie soll das überhaupt funktionieren? Was ist in so einer Phase erlaubt und was nicht? Darf man sich mit anderen treffen oder soll man mit Liebeskummer zu Hause sitzen?

»Nein, aber was bedeutet Trennung auf Probe für dich?«, frage ich.

Er räuspert sich. »Das bedeutet, dass wir ein halbes Jahr ohneeinander leben. Jeder macht, was er will, so als würde es diese Beziehung nicht geben.«

»Okay. Und was ist, wenn es einem von uns beiden gefällt und dem anderen nicht?«

Ich meine, das ist doch durchaus möglich. Ich will nicht, dass einer von uns beiden die beste Zeit seines Lebens hat und der andere wie ein Trauerkloß zu Hause sitzt.

Dabei bin ich mir gar nicht sicher, ob es so etwas wie eine schöne Zeit in Nates Leben überhaupt noch geben kann.

Es ist normal, dass man trauert. Aber es ist auch normal, dass es mit der Zeit weniger wird, sich verändert und man lieber an die schönen Erinnerungen mit dieser Person zurückdenkt.

Doch bei Nate nicht. Eher im Gegenteil.

Er kommt mir von Jahr zu Jahr noch trauriger und deprimierter vor.

Liegt es vielleicht an mir?

Eventuell bin ich nicht die Art von Unterstützung, die ihm guttut.

Aber ich bin so wie ich bin. Ich habe die letzten drei Jahre meines Lebens damit verbracht, ihn aufzumuntern.

Mehr kann ich nicht tun und mehr will ich auch nicht tun.

Ich kann es einfach nicht mehr. Ich brauche meine Kraft, damit ich nicht auch irgendwann wie Nate in einem emotionalen Loch hänge.

Der Regen prasselt unaufhörlich gegen die Windschutzscheibe. Irgendwie passt das Wetter zu unserer gegenwärtigen Stimmung. Es ist April, da regnet es andauernd. Aber heute ist es eher ein strömender Wasserfall. Als würde auch der Himmel um unsere gemeinsame Zeit weinen.

Doch in diesem Auto weint keiner. Wir wirken beide so gefasst, als würden wir uns einfach nur über irgendwas Belangloses unterhalten. Ist das ein gutes Zeichen? Wussten wir innerlich schon länger, dass es dazu kommen wird? Dass es dazu kommen muss?

Vielleicht liegt es aber auch nur daran, dass meine Augen nicht mehr fähig sind zu weinen. Mein Körper hat keine Wasserreserven mehr, die überhaupt noch aus ihm herausrinnen könnten. Die letzten Jahre haben mich ausgetrocknet.

»So ist das Leben. Das kann immer passieren. Man weiß nie, ob eine Trennung für beide das Richtige ist. Aber wir sind es uns schuldig, herauszufinden, ob es zumindest für einen von uns der richtige Weg ist.« Seine Stimme ist rau und die Überzeugung darin lässt mich erschaudern.

Wie lange denkt er wohl schon darüber nach, die Beziehung zu beenden?

Hätte er das auch vorgeschlagen, wenn ich heute mit ihm einfach ganz fröhlich ins Kino gegangen wäre?

Hat er nur auf den richtigen Moment gewartet, um endlich damit herausrücken zu können?

Ich kann selbst kaum fassen, dass ich dieses Gespräch ins Rollen gebracht habe. Aber ich konnte heute einfach nicht so tun, als wäre alles perfekt. Schon beim Einsteigen habe ich an seinem Blick gesehen, wie schlecht es ihm geht. Es ist okay, dass nicht jeder Tag ein guter Tag ist, aber es ist nicht okay, dass jeder Tag ein schlechter ist.

»Dann sehen wir uns wohl in einem halben Jahr«, stammle ich, reiße die Autotür auf und will gerade aussteigen, als Nate mich am Arm packt.

Er dreht mich zu sich um und sieht mir so intensiv in die Augen, dass ich es bis in die Zehenspitzen spüre. »Julie, du weißt, dass ich dich liebe. Du weißt aber auch, dass ich dir in den letzten drei Jahren mehr eine Last als ein guter Partner war. Ich will das nicht mehr. Entweder schaffe ich es, ein guter Partner für dich zu sein, oder ich bin lieber gar nicht mehr in deinem Leben. Ich brauche dieses halbe Jahr für mich, um mein Leben wieder in den Griff zu bekommen. Versteh das bitte.« Die Tränen in seinen Augen und die Trauer in seinen Worten lassen mich meine Wut vergessen.

Vielleicht macht er das alles wirklich nur für mich und gar nicht für sich.

Ich weiß nicht, was ich noch erwidern soll.

Alles, was ich sagen würde, würde entweder in einem Streit oder in einer Versöhnung enden. Ich will gerade keines von beidem.

Ich drücke ihm einen Kuss auf die Wange, steige so schnell wie möglich aus dem Wagen aus und knalle die Tür hinter mir zu. Der Regen prasselt auf mich nieder, aber das ist mir egal. Vielleicht kann er ja etwas von dem Schmerz abwaschen, der sich gerade durch meinen gesamten Körper zieht. Schmerz. Ich weiß, wie sich das anfühlt. Die letzten Jahre waren voll davon. Aber gerade bin ich mir nicht sicher, ob mein Herz noch weiteren Schmerz aushält. Wie viel kann man ertragen? Wann ist der Punkt erreicht, an dem es zu viel wird?

Ich sehe Nate noch lange hinterher. So lange, dass er mittlerweile wahrscheinlich schon zu Hause angekommen ist.

Oder da, wo auch immer er hinfährt. Das geht mich jetzt nichts mehr an.

Auch wenn Nate und ich sieben Jahre zusammen waren, sind wir nie richtig zusammengezogen. Wir waren einfach so verdammt jung, als wir uns kennengelernt haben. Nate hat in den letzten Jahren fast ausschließlich bei mir übernachtet, aber ich bereue es, nicht die Erfahrung gemacht zu haben, wie es ist, jeden Tag neben ihm einzuschlafen und aufzuwachen.

Was ist, wenn ich diese Möglichkeit nie wieder habe?

Julie

Freitag, 8. Juni

Ich frage mich, wie ich die letzten zwei Monate überstanden habe.

Außer mich in die Arbeit zu flüchten, zu essen und zu schlafen, habe ich nichts gemacht. Überhaupt nichts.

Ich kann von Glück reden, dass ich meine Arbeit liebe und mich dadurch etwas ablenken kann.

Auch wenn es Vor- und Nachteile hat, von zu Hause aus zu arbeiten. Ich liebe es zwar, Autorin zu sein. Ich kann mich in meine Fantasiewelt flüchten und muss nicht über meine eigene traurige Realität nachdenken. Aber es bedeutet auch, dass ich selten rauskomme. In den letzten zwei Monaten wurde aus diesem selten ein nie.

Ich hatte einfach keine Lust. Ich kann von Glück reden, eine große Wohnung mit Garten zu haben, ansonsten hätte mich wahrscheinlich schon vor zwei Wochen der Lagerkoller gepackt.

Meine Gefühle habe ich in letzter Zeit einfach betäubt. Wenn ich nicht gerade gearbeitet habe, habe ich mich mit Netflix-Serien und Co. abgelenkt. Wahrscheinlich ist das nicht sonderlich gesund, aber es ist zumindest effektiv.

Ich weiß nicht genau, wie ich mich fühle.

Ich vermisse Nate. Ich frage mich, was er so macht und wie es ihm geht.

Aber ein kleiner Teil in mir fühlt sich frei, frei von Verantwortung, Schuld und schlechtem Gewissen.

Mir war die letzten Jahre gar nicht bewusst, wie schuldig ich mich für manche Dinge gefühlt habe. Wann immer ich einen guten Tag hatte, habe ich mich schuldig gefühlt.

Doch wie kann ich mich gut fühlen, wenn meine Schicksalsschläge weniger lange her sind als Nates?

Er fühlt sich nie gut.

Habe ich meine Eltern nicht genug geliebt, nur weil ich nach zwei Jahren Trauer bereits gute Tage habe? Tage, an denen ich nicht darüber nachdenke und einfach nur lebe.

Es fühlt sich nicht mehr richtig an, mich für etwas

schuldig zu fühlen, was eigentlich normal sein sollte. Dieses Gefühl ist weg. Seit dem Tag, an dem Nate die Trennung auf Probe vorgeschlagen hat, ist die Schuld einfach weg.

Doch wie ist es möglich, dass man einen Menschen so sehr vermisst und sich gleichzeitig so befreit fühlt?

Früher hätte ich immer darauf gewettet, dass Nate und ich Seelenverwandte sind. Wir haben uns auf Anhieb super verstanden und konnten gar nicht genug Zeit miteinander verbringen. Nate war schon immer sehr einfühlsam und hat ein halbes Jahr gewartet, bis ich bereit war, mit ihm zu schlafen. Ich weiß von meinen Freundinnen, dass nicht alle Typen so sind. Wir haben sehr viele wichtige Ereignisse unseres Lebens gemeinsam erlebt. Man könnte sagen, dass wir zusammen erwachsen geworden sind. Maturaball, Führerschein, das erste Auto, die erste Wohnung - all diese Meilensteine sind während unserer gemeinsamen Beziehung passiert. Die Erinnerung daran kann uns keiner nehmen, auch wenn wir uns voneinander entfernen.

Ich hoffe, Nate schafft es, seine Trauer in diesem halben Jahr zu akzeptieren und einen Weg zu finden, mit ihr umzugehen. Wenn wir beide über unsere Schicksalsschläge hinweg wären und das Leben wieder zu lieben beginnen würden, hätte unsere Liebe vielleicht noch eine Chance.

Immerhin ist er mein bester Freund. Der Mensch, mit dem ich seit sieben Jahren all meine Geheimnisse, Hoffnungen und Träume teile.

Träume. Einer meiner größten blieb bis jetzt leider unerfüllt. Ich wollte, seit ich denken kann, Mutter sein. Schon als Kind habe ich fast nur Mutter-Kind-Spiele mit meinen Puppen gespielt. Man konnte mich für nichts anderes begeistern. Ich habe meine Puppe immer und überall mit hingenommen und mir vorgestellt, sie wäre mein Baby.

Ich kann mir nichts Schöneres vorstellen, als einen Menschen durchs Leben zu begleiten, ihn bedingungslos zu lieben und ihm ein Vorbild zu sein.

Zugegebenermaßen hat unser Kinderwunsch in den letzten Jahren nicht gerade positiv zu unserer Stimmung beigetragen.

Ich habe bereits vor drei Jahren meine Pille abgesetzt. Kurz bevor das alles passiert ist. Seit über drei Jahren probieren wir nun schon, ein Kind zu bekommen, aber vergeblich. Wir waren bei verschiedenen Ärzten, doch weder bei Nate noch bei mir konnte etwas Außergewöhnliches festgestellt werden. Es ist mir immer schwerer gefallen, unseren gemeinsamen Sex zu genießen.

Am Anfang war der Sex der Ausgleich zu unserer Trauer und hat uns ein Gefühl von Kontrolle und Verbundenheit gegeben. Aber nachdem wir Monat für Monat immer wieder enttäuscht wurden, ist uns auch dieser letzte Anker weggenommen worden. Ich konnte mich nicht mehr wirklich fallen lassen und bin körperlichen Annäherungen immer mehr aus dem Weg gegangen. In letzter Zeit hatten wir dann kaum noch Sex. Wir haben viel darüber geredet und Nate hatte wie immer viel Verständnis für mich, aber ich habe gemerkt, dass es uns trotzdem immer weiter voneinander entfernt.

Vielleicht hat es unsere psychische Verfassung auch einfach nicht zugelassen, dass wir Eltern werden. Von außen betrachtet muss ich zugeben, dass es vielleicht einen Sinn hatte, dass es nicht funktioniert hat.

Wirkliche Vorbilder wären wir in den letzten Jahren beide nicht gewesen. Und ich weiß auch nicht, ob wir für eine so herausfordernde Aufgabe überhaupt noch Kapazitäten gehabt hätten. Ich möchte meinen Kindern die schönste Kindheit ermöglichen, die man sich vorstellen kann. Und wie soll man bitte eine schöne Kindheit haben, wenn man in eine Familie hineingeboren wird, in der niemand so richtig glücklich ist?

Trotzdem hatte ich den Glauben, es könnte doch noch funktionieren, nie aufgegeben.

Vielleicht hätte Nate durch die Geburt unseres Kindes wieder einen Sinn gehabt. Einen Grund, seine Trauer zu überwinden.

Ich weiß, dass Nate ein guter Vater wäre und ich eine gute Mutter, aber wahrscheinlich müssen wir zuerst unsere Probleme lösen, unsere Trauer verarbeiten und wieder glücklich werden, bevor wir als Eltern funktionieren können.

Die Langeweile der letzten Wochen hat mich zu einer perfekten Hausfrau gemacht. Ich hasse es zu putzen und bin nicht sonderlich ordentlich, aber zumindest lenkt mich die Hausarbeit ein wenig von meinem Gefühlschaos ab. Ich habe meine komplette Wohnung auf den Kopf gestellt, man könnte fast vom Boden essen.

Ein Blick auf mein Handy zeigt, dass Clara schon wieder geschrieben hat. Ich bin sehr dankbar, sie in meinem Leben zu haben. In den vergangenen Wochen gab es keinen Tag, an dem sie nicht angerufen, bei mir vorbeigeschaut oder mir etwas zu essen vorbeigebracht hat.

Clara will schon länger mit mir ausgehen, um mich endlich mal abzulenken. Ich hatte bis heute aber keine Lust, mich ablenken zu lassen.

Doch es ist Freitag und ich bin Single. Ich kann tun und lassen, was ich will. Vielleicht sollte ich dieses halbe Jahr einfach nutzen.

Immerhin war Nate mein erster Freund und wenn wir im Oktober wieder zusammenkommen sollten, wird er höchstwahrscheinlich auch der letzte sein.

Sollte ich diese Zeit dann nicht genießen und Erfahrungen sammeln?

Wie wäre es mit einem One-Night-Stand? Dabei glaube ich nicht, dass ich einfach so einen Typen, den ich gar nicht kenne, mit zu mir nach Hause nehmen könnte.

Aber auch wenn nicht, dann habe ich einfach einen

schönen Abend mit meiner besten Freundin und so einen habe ich mehr als nötig.

Okay, ich komme mit.

Juhuuu, bin um 8 bei dir.

Clara hat schon zurückgeschrieben, bevor ich die Nachricht überhaupt richtig abgesendet habe.

Wer weiß, vielleicht wird es ja wirklich ein toller Abend.

Mir fällt sowieso seit Tagen die Decke auf den Kopf und ich freue mich, nach Wochen endlich mal wieder in eine Bar zu gehen. Ich wohne in einem Dorf in Österreich, aber Innsbruck ist nur zehn Autominuten entfernt. Ich liebe diese Mischung aus Stadt und Land, aus Ruhe und Trubel. Okay, Trubel ist wahrscheinlich etwas übertrieben. Innsbruck hat 130.000 Einwohner und ist in einem Umkreis von zwei Stunden die größte Stadt in meiner Nähe. Manche würden das wahrscheinlich als Kaff bezeichnen, aber ich liebe mein Zuhause sehr.

Lucas

Freitag, 8. Juni

Freitag. Der Tag, an dem ich mich wie jedes Wochenende mit meinen Freunden treffe und einfach nur das Leben feiere. Ich liebe mein Leben. Ich habe meinen Traumjob, meine Traumwohnung und immer gute Laune. Es ist alles perfekt.

Okay, nicht ganz. In der Liebe läuft es nicht so prickelnd. Aber da ich gar nicht weiß, wie es sich anfühlt zu lieben, kann mir auch nichts fehlen, oder?

Manchmal frage ich mich, ob etwas mit mir nicht stimmt. Immerhin werde ich nächsten Monat achtundzwanzig und war noch nie in einer Beziehung. Dabei hätte ich schon viele Mädchen haben können.

Meine Freunde sind ständig in Beziehungen und dann doch wieder nicht. In meinen Augen bringt das aber nur Stress.

Liebe. Dieses Wort treibt mich oft in den Wahnsinn. Natürlich weiß ich, was es bedeutet, theoretisch zumindest.

Ich glaube auch, dass das, was ich für meine Familie empfinde, Liebe ist. Ich bin zwar nicht die Art von Sohn, die sonderlich oft vorbeischaut, oder Lust auf tiefgründige Gespräche hat, aber ich bin ihnen dankbar für mein Leben.

Frauen finde ich anziehend, sehr sogar.

Ich hatte auch schon genügend Mädchen im Bett, um mit hundertprozentiger Sicherheit sagen zu können, dass es nicht daran liegt, dass ich vielleicht einfach nicht auf Frauen stehe.

Aber Liebe? Liebe habe ich noch nie bei irgendeiner dieser Frauen verspürt.

Natürlich waren mir einige von ihnen ganz sympathisch und ich habe mich mehrere Male mit ihnen getroffen, zwar mehr im Bett als irgendwo anders, aber trotzdem. Irgendwie hatte ich noch nie das Bedürfnis, mit einer von ihnen eine ernste Beziehung einzugehen oder sie näher an mich heranzulassen.

Vielleicht sind Beziehungen auch einfach nicht mein Ding.

Im Endeffekt bringen sie sowieso nur Probleme,

Stress und Verantwortung.

Und von den letzten beiden habe ich schon in beruflicher Hinsicht mehr als genug.

Vielleicht schaffe ich es ja heute mal wieder, einen geilen One-Night-Stand zu haben. Mehr will ich gerade sowieso nicht.

Ich finde es schon anstrengend, nur über Beziehungen nachzudenken, wie kräftezehrend muss es dann erst sein, eine zu führen.

***

In der Bar angekommen, warten schon Jens und Paul auf mich. Wir treffen uns fast jeden Freitag. Die Stadt, in der wir leben, ist relativ klein und es gibt nicht so viele tolle Bars. Aber diese hier ist super.

Alle jungen Leute aus der Umgebung kommen hierher. Es läuft immer die angesagteste Musik, die nicht wirklich mein Geschmack ist, sich aber perfekt zum Tanzen eignet.

Unser Stammtisch liegt in einer Ecke direkt neben dem Tresen.

Wir haben es hier sehr ruhig, können uns gut miteinander unterhalten und haben dabei einen perfekten Blick auf die Tanzfläche und somit auch auf unsere Eroberungen.

Jens versucht uns wieder einmal von einem super tollen Produkt zu überzeugen, das er entdeckt hat. Nur leider entdeckt er so ziemlich jede Woche etwas Neues und versucht Paul und mich davon zu überzeugen, mit einzusteigen.

In dieser Hinsicht wünschte ich manchmal, ich wäre weniger erfolgreich, dann würden mich nicht immer alle um Geld für ihre Geschäftsideen anbetteln.

Ich liebe meinen Erfolg. Ich habe meine Leidenschaft zum Beruf gemacht und kann von zu Hause aus arbeiten.

Heutzutage ist es das Beste, was einem passieren kann, wenn man an Computern interessiert ist. Damit lässt sich richtig gutes Geld verdienen. Ich bin ein kleiner Nerd, auch wenn man mich auf den ersten Blick eher als Sunnyboy bezeichnen würde. Ich liebe es aber, mich stundenlang in komplizierte Texte einzulesen und technische Probleme zu lösen.

Irgendwie wird mir dieses Gespräch zu langweilig, schließlich bin ich hier, um Spaß zu haben und nicht, um mir neue Geschäftsideen anzuhören. Ich habe schon in genug Ideen von Jens investiert. Leider bleibt er aber nie lange genug dran, um auch etwas daraus zu machen.

Als ich mich gerade auf den Weg zur Tanzfläche mache, fällt mir eine Frau auf. Eine Frau, die mich verwirrt.

Wie kann man gleichzeitig so schön und traurig aussehen? Ihr Blick schaut ins Leere, fast so, als wäre sie gar nicht hier. Irgendetwas an ihr wirkt verloren.

Ihre hellbraunen Haare fallen ihr in sanften Locken auf die Schultern. Der Glanz ist unbeschreiblich. Ich glaube, ich habe noch nie so schöne Haare gesehen. Wahrscheinlich liegt das aber auch daran, dass ich ein Mann bin und normalerweise nicht auf Haare achte.

Sie trägt ein schwarzes Minikleid, was sie gleichzeitig sexy und elegant wirken lässt. Sie ist schön. Aber nicht auf diese „ich schmiere mir zehn Kilo Make-Up ins Gesicht und gehe heute aus“ Weise. Sondern auf eine natürliche, fast beängstigende Art.

Die Farbe ihrer Augen kann ich leider nicht richtig erkennen. Sie sind groß und starren geradeaus. Ich wüsste gerne, wie es sich anfühlt, von Nahem in sie hineinzuschauen. Ich würde sie so gerne ansprechen. Nein, ich muss sie ansprechen.

Aber wie?

Lucas, was ist denn auf einmal mit dir los? Du sprichst so ziemlich jede Woche eine Frau an und bist nie nervös, warum sollte es heute anders sein?

Ich nehme all meinen Mut zusammen und gehe geradewegs auf sie zu.

Ich hebe lässig die Hand in die Luft. »Hey«, presse ich heraus. Verdammt, ist mir wirklich nichts Besseres eingefallen?

»Hi.«

Wow, diese Stimme übertrifft ihr Aussehen noch um Längen, auch wenn ich nicht gedacht hätte, dass das möglich ist.

Endlich sieht sie mir in die Augen.

Ihre Augen sind grün. So grün wie eine helle Blumenwiese im Frühling. Ich habe noch nie ein so leuchtendes

Grün gesehen. Ich könnte stundenlang nur in ihre Augen schauen und würde mich trotzdem nicht langweilen.

»Bist du allein hier?« Billiger können meine Anmachsprüche nun wirklich nicht mehr werden.

»Nein, eigentlich nicht. Aber meine beste Freundin ist gerade damit beschäftigt, einem Typen die Zunge in den Hals zu stecken.«

Schlagfertig, das gefällt mir. »Hast du was dagegen, wenn ich mich zu dir setze?«, frage ich schnell.

Sie seufzt und lehnt sich zurück. »Nicht böse gemeint, aber ich will sowieso gleich wieder nach Hause und habe nicht wirklich Lust auf eine erzwungene Unterhaltung.«

Erzwungene Unterhaltung? Mist. So wie es aussieht, scheint die Anziehung nicht auf Gegenseitigkeit zu beruhen.

»Na gut. Dann wünsche ich dir noch einen schönen Abend?« Warum klang das gerade wie eine Frage und warum gebe ich so schnell auf? Verdammt, das ist doch normalerweise nicht meine Art.

Ich bin so nervös, dass ich schon auf dem Weg zur

Toilette bin, bevor sie überhaupt noch irgendetwas erwidern kann.

Ich muss mir irgendetwas einfallen lassen. Dieses Gespräch kann nicht einfach so enden.

Ich habe noch nie eine Frau gesehen, die mich beim ersten Anblick so vom Hocker gerissen hat. Und diese Stimme erst.

Nein, ich MUSS etwas unternehmen.

Ich wasche mir schnell die Hände und tupfe mir den Schweiß von der Stirn, damit der Weg auf die Toilette zumindest nicht ganz umsonst war. Noch ein kurzer Check im Spiegel.

Du siehst gut aus, Lucas. Jetzt reiß dich zusammen. Sei ein Mann.

Ich mache mich schnell auf den Weg zurück zu ihr. Nicht, dass sie auf einmal auf die Idee kommt, nach Hause zu fahren. Wie stelle ich das jetzt bloß am besten an?

Als ich zurück zum Tresen blicke, hat sie mir halb den Rücken zugewandt.

Gott sei Dank, sie sitzt immer noch am gleichen Platz. Aber mittlerweile starrt sie in ihr Handy. Das erleichtert das Gespräch nicht gerade. Schreibt sie etwa ihrem Freund? Nein, das kann nicht sein. Das darf nicht sein.

Ich marschiere geradewegs auf sie zu und bevor ich nochmal Zeit habe, über meine dumme Idee nachzudenken, halte ich schon ihr Handy in der Hand.

Ich halte es in die Luft. »Can't touch this dddd dd dd ddd dd dd, can't touch this«, krächze ich heraus.

Super Lucas, jetzt hast du dich endgültig zum Affen gemacht.

So etwas Peinliches habe ich in meinem ganzen Leben noch nicht gemacht.

Ich habe sie heute wohl das erste und letzte Mal gesehen, das sagt zumindest ihr Gesichtsausdruck. Aber was man angefangen hat, muss man durchziehen.

Deshalb halte ich das Handy weiter in die Luft und beginne, komisch hin und her zu tanzen und singe immer weiter. Es ist mir rätselhaft, wie ich ausgerechnet auf dieses Lied gekommen bin.

Ich habe mich noch nie um eine Frau bemüht, geschweige denn, mich so blamiert. Normalerweise spreche ich Frauen einfach an. Entweder haben sie Lust etwas mit mir zu trinken oder eben nicht.

Auf einmal ändert sich ihr Gesichtsausdruck in ein Lächeln.

Sie versucht zu springen und das Handy zu erreichen, aber bei unserem Größenunterschied wird sie das wohl niemals schaffen.

Ich meine, es gefällt mir, dass wir einen Größenunterschied haben. Immerhin bin ich 1,90 m. Aber dieser Unterschied ist fast schon amüsant. Wenn ich schätzen müsste, ist sie maximal 1,60 m groß. Ihr Lächeln erweitert sich in ein lautes Prusten und ich kann gar nicht aufhören, sie dabei anzusehen.

Es scheint mir, als wäre sie dafür bestimmt, andere mit ihrem Lachen anzustecken.

Sie springt mehrmals auf und ab, hat aber keine Chance, meine Hand auch nur ansatzweise zu erreichen. Ich finde es süß, dass sie es trotzdem so oft versucht. Das zeigt mir, dass sie Humor hat.

Dieses Gesicht. Diese Frau. Mir stockt der Atem.

Ein lautes »Hallo« reißt mich aus meinen Gedanken. »Ich habs kapiert, du willst mich kennenlernen. Aber mein Handy kann nichts dafür. Gibs mir wieder!«, schreit sie lachend.

Ich überlege kurz, ob ich sie noch ein wenig provozieren soll, entscheide mich dann aber dagegen. Ich reiche ihr das Handy.

»Tut mir leid, aber ich musste ja irgendetwas tun, um deine Aufmerksamkeit zu bekommen«, sage ich und setze mich mit einem breiten Grinsen neben sie.

»Schon gut. Ich musste schon lange nicht mehr so lachen. Du hast mir den Abend versüßt. Danke.«

Diese Worte aus ihrem Mund bringen mich zum Strahlen. Ich muss wirken wie ein bekloppter Teenie. Aber das ist mir egal. Mir ist alles egal. Hauptsache, sie verrät mir ihren Namen.

»Wie heißt du?« Ich stütze den Kopf auf meinen linken Arm.

»Julie.« Schöner Name.

»Ich heiße Lucas.«

»Freut mich, dich kennenzulernen, Lucas.«

»Die Freude ist ganz meinerseits, Julie.« Sehr kreativ, dieses Gespräch. Aber na ja, wenigstens redet sie mit mir.

»Bist du überhaupt gerne hier?« Klingt wieder mal nach einer plumpen Anmache, aber es kommt mir nicht gerade so vor, als hätte sie Spaß hier. Ich weiß auch nicht. Normalerweise bin ich richtig gut im Flirten, aber irgendetwas an dieser Frau bringt mich aus dem Konzept.

»Um ehrlich zu sein, nicht wirklich.« Die Traurigkeit in ihren Augen kehrt zurück. Was kann einem Menschen nur passiert sein, dass man so traurig aussieht? Ich würde es ihr am liebsten abnehmen.

»Dachte ich mir. Dann bringe ich dich wohl lieber mal nach Hause.« Bevor sie mir widersprechen kann, packe ich ihre Hand und ziehe sie zum Ausgang. Ich weiß zwar nicht, wo sie wohnt, aber ich hoffe, es ist so weit weg wie nur möglich.

Ich muss sie einfach fahren. Unser Gespräch darf noch nicht zu Ende sein. Ich hoffe nur, dass ich auf sie nicht wie ein übergriffiger Idiot wirke. Aber in der Bar war es einfach viel zu laut.

»Du bringst mich wirklich nur nach Hause. Erwarte ja nicht, dass da heute noch was läuft!« Ihre Stimme ist verführerisch und entschlossen zugleich.

Dann sind die Fronten wohl geklärt. Aber die Hoffnung stirbt ja bekanntlich zuletzt.

Julie

Freitag, 8. Juni

Was ist das nur für ein Typ? Hat der es etwas so nötig oder wieso will er mich unbedingt nach Hause bringen? Was würde er tun, wenn ich über eine Stunde entfernt wohnen würde?

Ich muss ja gestehen, dass er nicht gerade hässlich ist. Vielleicht sollte ich mich also eher geehrt fühlen. Ich werde ihn sowieso nicht mit reinnehmen und so ein gratis Taxi hat auch seine Vorzüge.

Oh, in der Eile habe ich ganz vergessen, Clara zu sagen, dass ich gegangen bin. Sie macht sich wahrscheinlich Sorgen, wenn ich nicht gleich Bescheid gebe.

Ich bin auf dem Weg nach Hause. Mir war doch noch nicht nach Feiern zumute. Dir viel Spaß.

Die Nachricht tippe ich schnell in mein Handy. Ich hoffe, sie hat mich nicht mit Lucas gesehen und zieht jetzt falsche Schlüsse. Bei seinem Aussehen kann man ja nur auf abwegige Gedanken kommen.

Dass er nicht hässlich ist, war wahrscheinlich etwas untertrieben. Seine Präsenz ist geradezu beeindruckend. Er ist so groß und muskulös, dass ich mir neben ihm fast wie ein Kind vorkomme.

Seine braune Haut verstärkt seine Männlichkeit noch und ich kann meinen Blick kaum von seinem Körper abwenden.

Seine blonden Locken fallen ihm wild in die Stirn. So schön seine Haare auch aussehen, so schade ist es, dass sie manchmal seine strahlend hellblauen Augen überdecken.

Er hat mich sozusagen gerettet. Ich hatte keine Lust mehr auf diese Bar. Ich weiß nicht, was ich erwartet habe. Eigentlich war klar, dass ich noch nicht bereit dafür bin, in einer Menschenmenge aus partyhungrigen Leuten zu sein, nachdem ich zwei Monate nur zu Hause rumgesessen und in Selbstmitleid versunken bin.

Sein Humor ist auch nicht übel. Wer nimmt schon einer Wildfremden das Handy weg und fängt an zu tanzen. Das hat mir wirklich gefehlt.

Lachen und Spaß haben ist bei mir in den letzten drei Jahren einfach viel zu kurz gekommen.

Egal wie der Abend ausgeht, so gelacht wie heute habe ich schon Ewigkeiten nicht mehr und dafür bin ich Lucas dankbar.

Die kühle Abendbrise schlägt uns auf dem Weg zum Auto entgegen. Es ist angenehm. In der Bar war mir viel zu heiß. Ich liebe es, am Abend durch die Stadt zu laufen. Es ist alles so anders, viel intensiver. Man führt in der Nacht ehrlichere Gespräche und ist offener zu sich selbst.

Lucas und ich reden ununterbrochen und ich bin mir ziemlich sicher, dass es einen viel kürzeren Weg zu seinem Auto gegeben hätte. Wir sind durch mehrere Gassen gegangen und haben fast die komplette Innsbrucker Altstadt durchquert.

Während der Autofahrt sind wir beide ziemlich still. Aber es ist eine angenehme Stille.

Es ist nicht so, als hätten wir uns nichts zu sagen. Es ist eher so, als bräuchten wir keine Worte, um miteinander kommunizieren zu können. Die Spannung im Auto ist schon fast greifbar, ich kann nicht genau sagen, ob sie sexueller Natur ist. Auf jeden Fall ist es eine positive Art von Spannung.

»Hier musst du rechts abbiegen«, weise ich ihm den Weg an.

Mein Zuhause ist nur zehn Minuten von der Bar entfernt. Heute ist das erste Mal, dass ich mir wünschte, die Strecke wäre länger. Deshalb muss ich gestehen, dass es auch zu meiner Wohnung eine kürzere Route gegeben hätte. Mit dem Weg, den ich Lucas gezeigt habe, haben wir bestimmt dreißig Minuten gebraucht.

Ich fühle mich wohl in seiner Gegenwart und gleichzeitig aufgeregt. Ich will nicht, dass der Abend so früh endet, aber einen One-Night-Stand will ich auch nicht.

Das ist heute so ziemlich das Letzte, worauf ich Lust habe.

Außerdem habe ich Lucas schon angekündigt, dass er nicht mit reinkommen kann. Wie lächerlich wäre es, wenn ich meine Meinung nun doch ändern würde.

»Schade, ich hatte gehofft, du wohnst weiter weg«, sagt er, als wir gerade in meine Einfahrt einbiegen. Der Umweg scheint ihm tatsächlich nicht aufgefallen zu sein.

»Okay, du hast gewonnen. Du kannst mit reinkommen. Aber nur wenn dir bewusst ist, dass da wirklich nichts läuft«, flüstere ich heiser. Ich kann selbst nicht glauben, wie leicht ich zu überzeugen bin.

Mittlerweile bin ich mir zwar gar nicht mehr hundertprozentig sicher, dass da nichts laufen wird, aber das muss ich ihm ja nicht direkt auf die Nase binden. In meiner Stimme kann ich es wahrscheinlich sowieso nicht verbergen.

»Nur Reden, verstanden.« Seine Stimme ist verführerisch.

Er versucht gar nicht erst, etwas zu verbergen. Sie ist dunkel. Ich habe noch nie eine so erotische Stimme gehört. Wie muss er sich nur anhören, wenn er andere Dinge macht, als nur im Auto zu sitzen und mit mir zu reden...

Hör auf Julie. Keine One-Night-Stands!! Das ist nicht dein Ding! Du würdest dich danach nur schlecht fühlen!

***

In der Wohnung angekommen habe ich sofort das Bedürfnis, ihm alles zu zeigen.

Ich habe sie von meinen Eltern geerbt und liebe es hier. Ich hatte immer schon das Gefühl, das schönste Zuhause zu haben. Auch als Kind war ich immer ganz stolz darauf, wenn eine Freundin bei mir zu Besuch war. Ich dachte immer, dass der beste Architekt der Welt diese Wohnung geplant haben muss, weil ich sie so schön finde. Sie ist hell und offen, sehr offen sogar.

Die Küche und der Essbereich sind miteinander verbunden und eine kurze Treppe führt ins Wohnzimmer hinunter, von wo aus man direkt in den Garten kommt. Zwischen Küche und Wohnzimmer ist nur eine halbe Wand, was bedeutet, dass alles ein großer heller Raum ist. Und trotzdem sind die Räume voneinander abgegrenzt. Ich habe zwei Schlafzimmer, ein großes Bad und einen begehbaren Kleiderschrank.

Ich liebe den südlichen Urlaubsflair und genau so möchte ich mich auch zu Hause fühlen. Für mich gibt es nichts Schöneres als den mediterranen Stil, welchem man in Italien und Spanien begegnet. Bei mir ist alles in beige und in hellem Holz eingerichtet, mit einem Hauch von Boho-Stil.

Zugegebenermaßen habe ich einiges verändert, seitdem meine Eltern gestorben sind. Ich wollte, dass es zu meinem ganz eigenen Zuhause wird, in dem ich nicht ständig an die Vergangenheit erinnert werde.

Das habe ich geschafft. Ich habe mir hier meine Wohlfühloase geschaffen und könnte mir keinen anderen Ort zum Wohnen mehr vorstellen – und das, obwohl mein Großvater im gleichen Haus wohnt. Auch wenn wir schon immer ein gutes Verhältnis haben, ist es nicht immer ganz einfach mit ihm.

Verschiedene Generationen haben nun mal unterschiedliche Ansichten, was das Wohnen betrifft und bisher haben wir uns nach einigen Gesprächen immer gut einigen können. Außerdem würde ich es nicht übers Herz bringen, ihn allein zu lassen. Immerhin hat auch er meinen Vater, seinen einzigen Sohn, verloren.

Lucas folgt mir die ganze Zeit und hört mir aufmerksam und gespannt zu, wie ich ihm jeden Raum beschreibe. Ich muss lächeln. Es ist fast so, als würde er in seinem Kopf jedes Wort von mir mitschreiben und sich jeden Satz für immer einprägen.

»Das ist die schönste Wohnung, die ich je gesehen habe«, sagt er staunend.

Ich denke zwar, dass er etwas übertreibt, doch sein Kompliment freut mich trotzdem sehr. Immerhin steckt in dieser Wohnung all mein Herzblut und es freut mich, dass ihm das auffällt.

Lucas

Samstag, 9. Juni

Es ist bereits nach Mitternacht.

Wir sitzen seit mehreren Stunden auf Julies Couch und reden ununterbrochen. Es ist eine sehr gemütliche Couch. Hier könnte ich öfter sitzen.

Kaum zu glauben, dass ich Julie gerade erst kennengelernt habe. Sie ist so offen und erzählt mir seit einer halben Stunde von ihrer Vergangenheit. Es passiert nicht oft, dass man einem Menschen begegnet, der einem am ersten Abend all seine innersten Gedanken anvertraut. Aber Julie scheint das nichts auszumachen.

Es ist erschreckend, wie viel sie in ihrem Leben schon mitmachen musste.

Beide Eltern innerhalb eines Jahres zu verlieren, muss wohl das Schlimmste sein, was einem passieren kann. Mir fällt wieder mal auf, wie unglaublich privilegiert ich bin.

Ich musste in meinem Leben noch nie einen Verlust

erleiden, habe keine Geldsorgen und hatte noch nie Liebeskummer. Wahrscheinlich weiß ich gar nicht, was richtiger Schmerz bedeutet.

Julie ist verdammt stark. Wie kann sie mir all diese Dinge erzählen und trotzdem so ruhig und gefasst neben mir sitzen. Es ist wirklich bewundernswert, wie sie all das meistert.

»Außerdem…«, Julie beginnt zu stocken. Was kann denn jetzt noch Schlimmes kommen, nach allem, was sie mir schon erzählt hat?

»Habe oder besser gesagt, hatte ich bis vor zwei Monaten einen Freund.«

Habe oder hatte? Das ist schon ein gewaltiger Unterschied.

Ich glaube, sie sieht mir an, dass ich nicht weiß, was ich dazu sagen soll, denn sie redet weiter.

»Er heißt Nate. Wir waren sieben Jahre zusammen. Sein Bruder ist ein Jahr vor meinem Vater bei einem Autounfall gestorben. Seitdem ist nichts mehr, wie es war. Die letzten drei Jahre unserer Beziehung waren wirklich hart.« Julie kratzt sich am Kopf und so gelassen sie vorhin auch war, mittlerweile wirkt sie etwas unsicher. »Deshalb haben wir uns vor zwei Monaten dazu entschieden, ein halbes Jahr ohneeinander zu leben und am 1. Oktober nochmals miteinander zu reden.«

Wow, ich weiß ehrlich gesagt nicht, was ich mit dieser Information anfangen soll.

Sind sie jetzt getrennt oder nicht?

Darf sie überhaupt gerade mit mir hier sein oder muss ich Angst haben, dass dieser Typ jeden Moment zur Tür hereinspaziert und mir eine knallt?

Worauf habe ich mich da nur eingelassen. Warum ist genau diese Frau, die mich auf den ersten Blick so umgehauen hat, vielleicht vergeben?

Ich weiß gerade nicht, was ich davon halten soll. Bei jeder anderen wäre ich wahrscheinlich sofort aufgestanden und gegangen. Aber irgendetwas an Julie hält mich zurück, hält mich bei ihr.

»Was bedeutet das?«, presse ich heraus. »Bist du nun vergeben oder nicht?« Irgendwie steigt ein leichtes Gefühl der Eifersucht in mir hoch. Zumindest glaube ich, dass es Eifersucht ist. Ich habe dieses Gefühl noch nie zuvor gespürt. Und ich will auch gar nicht, dass dieses

Gefühl ein Teil meines Lebens wird.

»Ich bin Single. Zumindest für ein halbes Jahr. Was danach kommt, kann ich noch nicht sagen.« Ihre Stimme ist nun nicht mehr so ruhig, wie vorhin. Irgendwie wirkt sie angespannt.

»Vermisst du ihn?« Was für eine blöde Frage. Natürlich vermisst sie ihn. Sieben Jahre lassen sich nicht einfach in zwei Monaten vergessen.

Warum mache ich mir eigentlich so viele Gedanken. Ich will doch sowieso keine Beziehung und für einen lockeren One-Night-Stand oder eine kurze Affäre ist es egal, wenn sie ab Oktober wieder einen Freund hat. So muss ich ihr wenigstens nicht das Herz brechen, wenn sie merkt, dass ich gar nicht fähig bin, eine normale Beziehung zu führen.

»Schwer zu sagen. Ja und Nein. Natürlich habe ich ihn noch nicht vergessen und natürlich bin ich noch traurig. Aber ich bin auch erleichtert.« Julie räuspert sich. »Ach, ich glaube, du verstehst das sowieso nicht. Ich weiß gar nicht, warum ich dieses Thema überhaupt angefangen habe. Jetzt gerade bin ich Single, das ist alles, was zählt. Ich will nicht mehr darüber reden.«

Langsam kommt sie mir fast wütend vor. Sie hat das Thema zur Sprache gebracht, also muss sie auch mit meinen Fragen leben.

Julie ist eine sehr ehrliche Person und versucht gar nicht erst, ihre Gefühle zu unterdrücken. Zumindest, soweit ich das beurteilen kann. Das macht sie nur noch sympathischer. Sie hätte mir heute gar nichts über Nate erzählen müssen. Sie hätte einfach so tun können, als wäre sie Single und unabhängig und es wäre mir überhaupt nicht aufgefallen.

Außerdem hat sie recht. Ich verstehe ihre Situation nicht.

Wie sollte ich auch, ich hatte ja noch nie eine Beziehung und schon gar nicht eine, die sieben Jahre gedauert hat und von so viel Trauer überschattet war.

Sie ist jetzt Single. Ich will keine Beziehung. Vielleicht können wir ja einfach vier Monate Spaß miteinander haben. Oder auch nur diese Nacht.

Aber was ist danach?

Sie hat jetzt schon eine so starke Anziehung auf mich. Wie muss das dann erst sein, nachdem ich mit ihr geschlafen habe?

Ich kann selbst kaum glauben, dass ich gerade schon für vier Monate plane. Das geht eigentlich über meine Vorstellungskraft hinaus. Es ist aber gut vorstellbar, dass es vier lustige Monate mit Julie werden könnten.

»Hast du Lust, vier unbeschwerte Monate und die beste Zeit deines Lebens mit mir zu verbringen?«, sage ich mit so viel Überzeugung, wie ich aufbringen kann. Ich weiß ja selbst nicht mal, ob ich dazu bereit bin. Aber irgendwie kommt es mir so vor, als könnte sie eine unbeschwerte Zeit gerade gut gebrauchen.

»Unbeschwert?!« Sie macht eine theatralische Pause. »Haha, glaube mir, mit mir ist gar nichts unbeschwert. Spätestens morgen wirst du merken, dass die Zeit mit mir verschwendet ist. Du wolltest einen One-Night-Stand und den kann ich dir aktuell nicht geben. Ich glaube es ist besser, wenn du jetzt gehst.« Sie stützt die Hände in die Hüften und will aufstehen, aber ich halte sie zurück. Ich verstehe nicht, warum Julie so sensibel reagiert und sich selbst so klein macht.

Warum glaubt sie, dass sie es nicht wert ist, dass ich sie kennenlerne? Wenn sie nur wüsste, dass sie das erste Mädchen ist, das ich je kennenlernen wollte.

Ich kann nicht fassen, dass die einzige Frau, mit der ich nicht einfach nur ins Bett will, mir unterstellt, dass ich genau das will.

Ich möchte Zeit mit ihr verbringen und sie besser kennenlernen. Natürlich wäre Sex auch nicht schlecht. Aber das muss ja nicht sofort sein. Ich bin mir ziemlich sicher, dass es keine zwei Tage dauert, bis sie gar nicht mehr anders kann, als mit mir zu schlafen.

»Wie kann ich dich vom Gegenteil überzeugen?«, frage ich und sehe ihr dabei tief in die Augen. Es wirkt fast, als könnte ich in ihr Innerstes sehen. Ihre vollkommene Zerbrechlichkeit. Irgendwie verstehe ich, dass sie glaubt, sie wäre zu traurig, als dass ich mich für sie interessieren könnte. Aber es ist genau diese Art an ihr, die mich am meisten zu ihr hinzieht und sie zum interessantesten Menschen macht, den ich je kennengelernt habe. In meiner Familie gibt es keine Traurigkeit und keine wirklichen Gefühle. Keiner zeigt, was er fühlt, und keiner sagt, was er denkt. Jeder verhüllt sich hinter einer Maske des Glücks und tut so, als wäre alles perfekt. Julie ist da ganz anders. Bei ihr kratzt man nicht nur an der Oberfläche. Sie lässt einen tief in ihr

Innerstes eintauchen.

Ich kenne keinen Menschen, der in seinen jungen Jahren schon so viel erlebt hat wie sie, und doch hat sie nicht nur eine traurige Seite, sondern auch eine extrem positive. Und genau diese Seite macht Lust auf mehr. Ich will mit ihr Spaß haben und die Erfahrung machen, wie es ist, tiefgründig zu sein.

»Verbring das ganze Wochenende mit mir, ohne mit mir zu schlafen. Dann bekommst du vielleicht eine Chance.«

Okay, mit dieser Antwort hätte ich nicht gerechnet.

Sie will das ganze Wochenende mit mir verbringen. Das GANZE Wochenende.

Das zeigt, dass sie wirklich keine Frau für eine Nacht ist und schon lange nicht mehr Single war.

Wer schlägt einem Mann, den man kaum kennt, ein ganzes Wochenende vor!? Andere Typen würden jetzt wahrscheinlich beide Beine in die Hand nehmen und davonrennen. Und bei einer anderen Frau wäre ich der Erste, der sich aus dem Staub machen würde. Ich habe noch nie mit einer Frau ein ganzes Wochenende verbracht.

Aber ich bin hier und kann kaum erwarten, wo die Reise hingeht.

»Herausforderung angenommen!«

Julie

Samstag, 9. Juni

Halb vier. So lange war ich schon lange nicht mehr wach. Und schon gar nicht, um mit jemandem einfach nur zu reden.

Wer ist dieser Lucas? Welcher Mann bringt eine Frau nach Hause, nur um bis in die Morgenstunden zu reden und sich ihre Probleme anzuhören?

Okay, zu seiner Verteidigung muss ich sagen, dass er sich diese Nacht sicher anders vorgestellt hat. Ich bin mir ziemlich sicher, dass er sich eine schnelle Nummer erhofft hat. Immerhin hat er einen Trauerkloß aus einer Bar gerettet, dafür hat man sich ja normalerweise eine angemessene Entlohnung verdient.

Ich kann kaum fassen, dass ein Mann wie er sich für jemanden wie mich interessiert. Er wirkt so leicht und unbeschwert, so als hätte er sein ganzes Leben noch nie über etwas Negatives nachgedacht. Ich hingegen bin der Inbegriff von Negativität. Mich wundert, dass ihn meine Gesprächsthemen nicht sofort verschreckt haben.

Auch wenn wir letzte Nacht nicht nur über positive Dinge geredet haben, fühlen sich die schlimmen Themen in meinem Leben nun etwas leichter an. Es ist schön seinen Unmut äußern zu können, ohne dabei das Gefühl zu haben, dem Gegenüber noch mehr Lasten aufzubürden. Lucas scheint keine eigenen Lasten zu haben und sich für meine sogar zu interessieren. Das ist eine angenehme Abwechslung.

Aber ich bin mir sicher, dass er spätestens ab morgen genug von mir hat. Kein Typ hat Lust auf eine Frau, die zehn Kilo Ballast im Gepäck hat. Zumindest nicht auf Dauer. Einmal zuhören geht ja noch, aber ein ganzes Wochenende? Wohl kaum.

Ich habe ihn im Gästezimmer gegenüber von meinem Schlafzimmer einquartiert. Er hätte wahrscheinlich lieber mit mir zusammen im Bett geschlafen. Aber es hätte sich komisch angefühlt, mit ihm dort zu schlafen, wo ich bis vor zwei Monaten noch gemeinsam mit Nate geschlafen habe.

Jetzt bereue ich es fast, dass ich ihn nicht einfach zu

mir ins Bett gebeten habe.

Ich weiß auch nicht, was dieser Typ mit mir macht. Bis gestern konnte ich nichts anderes machen, als zu grübeln und in Selbstmitleid zu versinken, aber heute Nacht hatte ich wirklich Spaß.

Obwohl es so spät ist, bin ich gar nicht richtig müde. Das muss das Adrenalin sein, welches durch meine Adern fließt, seit ich Lucas das erste Mal gesehen habe.

Ich nehme mein Handy in die Hand und bemerke, dass ich eine AirDrop-Anfrage habe. Komisch. Wer soll das sein? Immerhin muss man hierfür in der Nähe sein. Mein Großvater ist der Einzige, der sich außer mir und Lucas noch in diesem Haus befindet und er hat nicht mal ein iPhone.

Bedeutet das etwa… Lucas, es muss Lucas sein. Ich drücke schnell auf Annehmen.

Meine Galerie öffnet sich und ein Video wird abgespielt. Ein Video über mich. Oder besser gesagt, über gestern Abend. Man sieht Lucas tanzen und mich, wie ich auf und ab springe. Woher hat er das? Wer hat uns gefilmt? Hat er jemanden dazu aufgefordert, uns zu filmen? Nein, das kann ich mir fast nicht vorstellen. Ich glaube kaum, dass Lucas diese Show für irgendjemand anders gemacht hat.

Wahrscheinlich war er mit Freunden da und die fanden es lustig, seine Blamage für immer festzuhalten.

Mir fällt gerade auf, dass ich Lucas gar nicht zurückschreiben kann. Ich habe ja nicht mal seine Nummer. Er schläft im Zimmer gegenüber und ich habe nicht mal seine Nummer.

Was machst du da nur, Julie? Ich hätte nie im Leben gedacht, dass ich mal einen fremden Typen in meine Wohnung mitnehme, geschweige denn, ihn bei mir übernachten lasse.

Ich sehe mir das Video mehrere Male an. Ich muss zugeben, so ausgelassen wie an diesem Abend war ich sicher schon lange nicht mehr. Ich habe mein Lachen vermisst.

Aber hauptsächlich schaue ich es wegen Lucas an. Wie kann man sich nur so lächerlich benehmen und gleichzeitig so sexy aussehen? Wie kann man sich für eine Fremde so zum Affen machen? Sein Selbstbewusstsein ist wirklich beeindruckend.

Aber um ehrlich zu sein, auch etwas einschüchternd.

***

Ich schrecke aus dem Schlaf, weil ich ein Klappern aus meiner Küche höre. Wer ist das? Mein Großvater kann es nicht sein, er hat nicht mal einen Schlüssel. Es ist schon hell draußen. Welcher Einbrecher bricht bei Tageslicht ein?

Da wird mir schlagartig bewusst, was letzte Nacht passiert ist. OMG, wie verhält man sich am nächsten Tag einem Typen gegenüber, mit dem man die Nacht verbracht hat, ohne dabei Sex gehabt zu haben? Wie um alles auf der Welt bin ich auf die Idee gekommen, ein ganzes Wochenende mit ihm zu verbringen?

Ist das Nate gegenüber fair?

Ich will mir gar nicht vorstellen, wie es ihm gehen würde, wenn er das wüsste. Aber er hat selbst gesagt, dass wir dieses halbe Jahr so leben können, als würde es die Beziehung zwischen uns gar nicht geben. Als Single ist es ja vollkommen okay, jemanden zu sich nach Hause mitzunehmen. Trotzdem habe ich ein komisches Gefühl in der Magengegend, fast so, als würde ich Nate betrügen.

Ich trotte aus dem Schlafzimmer direkt ins Bad, um mich ein wenig frisch zu machen. Ich will zumindest halbwegs passabel aussehen, wenn ich Lucas unter die Augen trete.

Als ich gerade in die Küche komme, trägt Lucas das Essen zum Tisch. Er hat gekocht.

Er hat nicht nur eine ganze Nacht mit mir verbracht, ohne mich auch nur zu küssen, sondern anschließend am nächsten Tag auch noch für mich gekocht.

Lucas muss mich sexuell gesehen ziemlich anziehend finden, wenn er das alles auf sich nimmt, nur um mich ins Bett zu bekommen.

Wahrscheinlich sollte mich das abschrecken, aber irgendwie schmeichelt es mir. Eine andere Frau würde es sicher als übergriffig empfinden, wenn ein Typ einen aus der Bar zerrt, nach Hause fährt und am nächsten Tag einfach wie selbstverständlich ohne zu fragen ihre Küche benutzt. Aber ich bin nicht wie andere Frauen. Ich freue mich über so viel Aufmerksamkeit und über seinen starken Willen, mich kennenzulernen. Es hat sich schon lange niemand mehr so um mich bemüht.

Wie spät ist es denn eigentlich?

Ein Blick auf die Uhr des Backofens zeigt mir, dass es schon 13:00 Uhr ist. So lange habe ich schon ewig nicht mehr geschlafen. Aber na ja, ich war auch bis halb vier wach.

»Das duftet köstlich«, sage ich zu Lucas, während ich es mir am Esstisch bequem mache.

»Danke, ich hoffe es ist okay für dich, dass ich mich an deiner Küche vergriffen habe«, antwortet Lucas verlegen.

»Das ist mehr als nur okay. Du kannst dich von mir aus öfter an meiner Küche vergreifen, wenn das bedeutet, dass ich nicht selbst kochen muss.«

Ich hasse es zu kochen. Zum einen, weil ich es nicht gut kann und zum anderen, weil man danach wieder aufräumen muss. Und aufräumen hasse ich fast noch mehr.

Es huscht ein Strahlen über Lucas Gesicht und ich kann sein Selbstbewusstsein fast greifen.

Es wirkt, als hätte er Angst gehabt, dass ich meine Meinung zu unserem gemeinsamen Wochenende geändert habe und als hätte ich durch diesen Satz alle

Zweifel aus dem Weg geräumt.

»Was möchtest du heute unternehmen?« Die Tiefe seiner Stimme trifft mich immer wieder. Wird ab jetzt jeder Satz von ihm diese Wirkung auf mich haben?

»Ich würde gerne wissen, wie du so lebst, nachdem ich dir gestern mein komplettes Leben offenbart habe«, antworte ich rasch.

Das interessiert mich wirklich. Ich finde die Wohnung eines Menschen sagt sehr viel über seine Persönlichkeit aus und irgendwie ist mir unwohl bei dem Gedanken, den ganzen Tag hier zu verbringen.

»Na gut. Dann fahren wir nach dem Essen zu mir.«

***

Die Fahrt zu Lucas' Wohnung hat nicht wirklich lange gedauert und doch sind wir an einem völlig anderen Ort. Er wohnt direkt an einem großen Wald, hat so gut wie keine Nachbarn und man sieht von seiner Wohnung aus über ganz Innsbruck. So einen großartigen

Ausblick habe ich noch nie gesehen. Man fühlt sich fast wie in einem Flugzeug, als würde einem die ganze Welt zu Füßen liegen.

Der Ausdruck Wohnung ist wohl etwas untertrieben für das, was ich gerade vor Augen habe. Es ist ein Loft. Alles ist offen. Sein Bett erreicht man nur über eine Wendeltreppe und es steht auf einem Plateau. Es ist alles sehr stilvoll eingerichtet. Nicht sehr wohnlich - es könnte auch eine Ausstellungswohnung sein - aber doch mit sehr viel Geschmack.

»Wow. Ich habe noch nie so etwas Schönes gesehen. Der Ausblick, die Lage, einfach unbeschreiblich«, schwärme ich, während ich mich auf sein Bett fallen lasse.

Von hier oben hat man durch die großen Glasfronten den gigantischsten Ausblick aller Zeiten. Ich kann nicht fassen, dass ein Typ so stilvoll lebt. Das kann er doch nicht allein eingerichtet haben.

Es passt alles perfekt zusammen. Vom Tisch über das Bett, als hätte er sich alles maßschneidern lassen.

»Danke.«

Mir kommt es fast so vor, als würde er am liebsten gar

nicht über seine Wohnung sprechen. Die Begeisterung, die meine Wohnung in ihm ausgelöst hat, ist hier kein bisschen zu spüren und das, obwohl dieses Loft sicher mehr als doppelt so groß und viel stilvoller eingerichtet ist als meine Wohnung.

»Wie kannst du dir das hier überhaupt leisten? Und hast du das alles selbst eingerichtet?«

Ich weiß selbst nicht, warum ich diese Fragen gerade stelle. Eigentlich ist es richtig unangebracht. Aber es interessiert mich wirklich. Diese Wohnung in dieser Lage ist bestimmt über 1,5 Millionen Euro wert.

Viel älter als Mitte/Ende zwanzig kann Lucas doch gar nicht sein. Bis jetzt kenne ich niemanden in seinem Alter, der auch nur eine annähernd so luxuriöse Immobilie besitzt.

»Ich habe mich selbstständig gemacht, als ich achtzehn war. Meine Firma gibt es jetzt seit zehn Jahren und sie läuft ziemlich gut. Ich arbeite in der Tech-Branche und da ich hauptsächlich von zu Hause aus arbeite, war es mir wichtig, einen schönen Ausblick zu haben. Ich habe viel gespart und wahrscheinlich gehörte auch etwas Glück dazu. Vor einem Jahr habe ich dann dieses

Loft entdeckt. Ein Freund von mir ist Tischler. Er hat mir alles nach meinen Wünschen gestaltet und das zu einem richtig fairen Preis. Da musste ich einfach zugreifen.«

Er legt sich neben mich und starrt zur Decke hinauf. Er sagt das alles so, als wäre das nichts Besonderes. Als würde das jedem in seinem Alter gelingen. So selbstbewusst er sonst ist, beim Thema Geld und Erfolg redet er sich eher klein. Das gefällt mir. Das macht ihn nur noch anziehender, als er sowieso schon ist.

Aber im Endeffekt ist er ein Selfmade-Millionär und das, bevor er dreißig ist. Das ist beeindruckend und einschüchternd zugleich. Genau wie sein Selbstbewusstsein. Wie alles an ihm.

»Tja, Pech gehabt. Jetzt will ich dich gar nicht näher kennenlernen. Stell dir nur mal vor, ich würde dich mögen, und wir würden sogar zusammenkommen, dann würde ich womöglich lieber hier wohnen wollen, obwohl mir die Wohnung meiner Eltern einfach alles bedeutet. Das ist mir das Risiko nicht wert.«

Ich weiß nicht, wo diese Worte auf einmal hergekommen sind. Wie komme ich dazu mit einem Typen, den ich gestern kennengelernt habe, so zu reden, als würde ich eine Beziehung in Betracht ziehen? Das ist wohl der Punkt, an dem er endgültig genug von mir hat. Wenn mich etwas nervös macht oder einschüchtert, rede ich immer ohne Punkt und Komma, und es kommt selten etwas Gutes dabei raus. Der Satz war natürlich eher spaßeshalber dahingesagt als ernst gemeint und ich hoffe, dass ich Lucas damit nicht in die Flucht geschlagen habe.

Ich drehe meinen Kopf in seine Richtung und versuche, seinen Blick zu deuten. Aber Lucas schaut weiterhin an die Decke. Auch wenn mir meine Worte unangenehm sind, kann ich sie nicht mehr zurücknehmen. Deshalb versuche ich einfach, so selbstbewusst wie möglich zu wirken.

»Deine Wohnung ist die schönste, die ich je gesehen habe. Dein Strahlen in den Augen, als du mir alles gezeigt hast und die Liebe, die diese Wohnung in dir auslöst, kann kein Geld der Welt ersetzen. Geld ist mir generell nicht wirklich wichtig, auch wenn meine Wohnung einen anderen Anschein macht.« Er dreht seinen Kopf in meine Richtung. »Ich würde gerne wieder zurück zu dir, wenn das für dich in Ordnung ist.«

Seine Worte überraschen mich. Er findet meine kleine Dreizimmerwohnung schöner als dieses atemberaubend große Loft mit dem tollsten Ausblick, den man finden kann? Eigentlich unvorstellbar. Aber ich glaube ihm das sogar. Es wirkt nicht so, als würde ihm diese Wohnung sonderlich viel bedeuten. Er wirkt generell nicht so, als würde ihm Geld etwas bedeuten. Bis auf seine Wohnung macht nichts an ihm den Anschein, als wäre ihm Wohlstand wichtig. Er trägt ganz normale Klamotten und fährt einen Mittelklassewagen. Seine Haare sehen aus, als wäre er vor Wochen das letzte Mal beim Friseur gewesen und außer seiner Einrichtung ist hier weit und breit nichts Teures zu finden. Er trägt nicht mal eine Uhr. Die meisten Menschen kaufen sich doch als Erstes eine teure Uhr, um ihren Wohlstand nach außen zu zeigen. Aber so ist Lucas nicht. Ich könnte wetten, dass er noch nicht mal sein Loft gerne zeigt. Es scheint eher, als wäre ihm das alles unangenehm.

Ein warmer Windstoß auf meinem Gesicht reißt mich aus meinen Gedanken. Sein Gesicht ist mittlerweile so nah an meinem, dass ich sogar sein Blinzeln spüren kann. Lucas' Blick ist so intensiv und begierig, dass ich ihm am liebsten sofort meine Zunge in den Hals stecken würde. Aber nein. Das will ich nicht. Zumindest jetzt nicht.

Ich springe schnell vom Bett auf. »Dann los. Fahren wir zu mir.«

Lucas

Samstag, 9. Juni

Wir sind vor drei Stunden wieder bei Julie angekommen. Es war nicht gelogen, dass ich mich in ihrer Wohnung sehr wohl fühle und sie wunderschön ist. Aber das Wort Beziehung aus ihrem Mund zu hören, hat mich dann doch ein wenig gestresst. Es ist mir bewusst, dass das wahrscheinlich nur Spaß war. Trotzdem ist mir dieses Wort einfach nicht geheuer.

Ich mag Julie. Sie ist unkompliziert, ehrlich und authentisch. Sie redet einfach frei Schnauze und ich kann selbst kaum glauben, dass ich immer noch bei ihr bin. Dass ich immer noch bei ihr sein will. Normalerweise habe ich mit jeder Frau, die ich kennenlerne, spätestens noch in derselben Nacht Sex. Julie hat mich noch nicht mal geküsst und trotzdem hatte ich mit ihr die beste Nacht meines Lebens. Und das allein durch ernste Gespräche. Mich hatte noch nie wirklich interessiert, was mir Frauen, die ich nach dem Ausgehen mit nach Hause genommen habe, erzählt haben. Aber Julies Geschichte hat mich berührt und ich würde am liebsten alles über sie wissen. Aber ich und eine feste Beziehung? Das wird nie passieren. Gut, dass Julie Nate hat. Somit wird sie sowieso immer ihn wollen und nicht mich.

Wir sehen nun schon seit einer halben Stunde irgendeine Actionkomödie. Am Anfang war es etwas unentspannt, weil wir nicht recht wussten, wie wir uns auf der Couch platzieren sollten. Dieses wie ein Pärchen zusammen auf der Couch liegen, bin ich einfach nicht gewohnt. Die Couch hat eine L-Form. Julie liegt auf der rechten Seite und ich am Längsteil, so dass unsere Köpfe ziemlich nahe beieinander liegen. Sobald wir die richtige Liegeposition gefunden hatten, war alles wieder total entspannt.

Es ist angenehm, ihr so nah zu sein. Ich bekomme keine einzige Minute von diesem Film mit, weil ich die ganze Zeit ihrem Atem lausche. Er beruhigt mich.

Julie greift zur Fernbedienung.

»Ich habe keine Lust mehr auf diesen Film. Ich will lieber Musik hören. Was ist dein Lieblingslied?«

Ich habe noch nie zuvor eine Frau erlebt, die so spontan und sprunghaft ist. Jede andere würde vorsichtig fragen, ob ich Lust habe, irgendetwas Anderes zu machen. Aber Julie nicht. Sie haut einfach auf die Fernbedienung und sagt, dass sie jetzt sofort lieber Musik hören würde, anstatt einen Film weiterzuschauen, von dem sowieso keiner etwas mitbekommt. Das gefällt mir sehr. Und die Frage zu meinem Lieblingssong ist leicht zu beantworten. Ich höre viel in Richtung Hip-Hop. Aber nicht die Art von Mainstream, die in allen Clubs zu finden ist. Eher Slow Hip-Hop. Ich liebe es, Musik zu fühlen und mich komplett fallen zu lassen.

Mein Lieblingslied passt wohl oder übel gut zu unserer Situation. Natürlich nicht zu 100% und doch gut genug, dass sie denken könnte, ich habe es nur wegen ihr ausgesucht. Nun ja, sie wollte mein Lieblingslied, also bekommt sie es auch. Ich nehme ihr das Handy aus der Hand und tippe "Losin Control Russ" bei Spotify ein.

Die Musik ertönt durch die Lautsprecher und ich beginne, mich sofort zu entspannen. Ich setzte mich auf und lehne mich zurück.

She's falling' in love now

Losin' control now

Fighting' the truth

Tryin' to hide

But I think it's alright, girl

Yeah, I think it's alright, girl, ooh

She's falling' in love now

Losin' control now

Fighting' the truth

Tryin' to hide

But I think it's alright, girl

Yeah, I think it's alright, girl, ooh

She's falling but she doesn't think he'll catch her

'Cause her last relationship was a disaster

Accusations everyday she didn't know why

All her calls would be ignored he's on his own time

***

Ich liebe Musik. Musik ist das Einzige, bei dem ich so richtig abschalten kann und an nichts denke. So sehr ich in allen Bereichen Spaß haben und Party machen will, liebe ich es, mich bei langsamer Musik zu entspannen und einfach nur zu sein. Mit geschlossenen Augen genieße ich den Moment.

Plötzlich spüre ich etwas Sanftes auf meiner Wange. Etwas so Weiches, dass man meinen könnte, es hätte mich gar nichts berührt. Wie in Trance öffne ich meine Augen. Das muss ein Kuss gewesen sein. Es war ganz bestimmt ein Kuss. Jetzt bloß nicht schwach werden. Die Abmachung war ein ganzes Wochenende, ohne etwas miteinander anzufangen.

Julie hat ihren Kopf zu mir gedreht und sieht mir tief in die Augen. Dieses Grün ist unglaublich. Ihr Blick ist so intensiv, dass sich die Härchen in meinem Nacken aufstellen. Es ist fast so, als würde sie direkt in meine Seele blicken und all meine Gedanken lesen können.

»Ich werde dich jetzt ganz bestimmt nicht küssen. Wer weiß, wo dieser Kuss hinführen würde, und heute ist erst Samstag«, sage ich, merke aber, dass meine Stimme nicht sonderlich überzeugend klingt.

»Küssen ist erlaubt. Nur kein Sex. Ich pass schon auf, dass wir nicht zu weit gehen. Ich will dich küssen. Jetzt.«

Die Überzeugung in ihrer Stimme lässt mich erschaudern.

Das lasse ich mir nicht zweimal sagen…

Julie

Sonntag, 10. Juni

»Ich möchte heute etwas Großartiges unternehmen. Wir sind genug in unseren Wohnungen rumgesessen.«

Er dreht mir das Gesicht zu und grinst. »Was hältst du von Trampolin springen?«

Okay, mit diesem Vorschlag hätte ich ehrlich gesagt nicht gerechnet. Aber warum nicht? Ich habe schon ewig nichts Lustiges mehr unternommen. Außerdem liebe ich ungezwungene Unternehmungen, bei welchen man nicht steif an einem Esstisch sitzt und sich eine Unterhaltung aus den Fingern saugen muss. Wobei ich mir ziemlich sicher bin, dass das mit Lucas nie der Fall wäre.

***

Nachdem wir gefrühstückt hatten, musste Lucas noch etwas für die Arbeit erledigen, deshalb hat er mich erst am Nachmittag wieder abgeholt. Mir war die Zeit für mich ganz recht. So hatte ich die erste Verschnaufpause seit Freitag und konnte meine Gedanken etwas ordnen. Es gefällt mir nicht, wie gut mir dieser Lucas gefällt. Aber die Zeit mit ihm tut zu gut, als dass ich etwas daran ändern würde.

Die Autofahrt zur Location dauerte dreißig Minuten. Ich kann kaum glauben, wie riesig dieser Trampolinpark ist und dass ich noch nie hier war.

Es gibt bestimmt zwanzig kleine und sechs große Trampoline, einen Parkour, ein Trampolin mit Basketballkorb und Türme, von denen man in große Luftpolster springen kann. Es gibt sogar Bildschirme, auf welchen man wie bei Doodle Jump einen Berg erklimmt und gegeneinander antreten kann. Wie cool. Das innere Kind in mir wurde soeben zum Leben erweckt.

Das einzig Verwunderliche: niemand außer uns ist hier. Es ist Sonntag. Die Halle müsste voller Kinder sein und aus allen Nähten platzen. Aber wir stehen hier komplett allein. Nur Lucas und ich. Nicht einmal irgendwelche Angestellten sind in der Nähe.

»Lucas, warum ist hier niemand außer uns?« Ich bin wirklich erstaunt. Ich habe mich innerlich schon auf lautes Geschrei und den Geruch von Schweiß eingestellt. Aber nichts und niemand ist hier.

»Es hat gewisse Vorteile, wenn man einen Freund hat, der eine Halle besitzt und einem noch einen Gefallen schuldet«, sagt er grinsend.

Was!? Er hat die komplette Halle für uns gemietet? An einem Sonntag?

»Aber … es ist doch Sonntag. Welcher halbwegs vernünftige Mensch schließt an einem Sonntag eine Trampolinhalle?«, frage ich, während ich mich bereits aufs erste Trampolin stürze.

Nur weil ich die Aktion verrückt finde, heißt es nicht, dass ich es nicht genießen werde.

»Ich muss zugeben, es war nicht gerade leicht, ihn zu überzeugen. Wahrscheinlich schulde ich ihm jetzt mindestens zehn Gefallen. Aber er wurde ja auch angemessen entlohnt.«

Er sagt das nicht so, als wäre das etwas Besonderes. Es ist eher so, als wäre es für ihn das Normalste der

Welt, wahrscheinlich gerade eines der teuersten Dates überhaupt zu veranstalten. Und das, obwohl wir uns in einer Trampolinhalle befinden. Kein romantisches Fünf-Hauben-Dinner. Nein, nur wir beide in einer verschwitzten Trampolinhalle. Das ist das beste Date aller Zeiten. Er hätte sein Geld kaum besser investieren können. Lucas läuft geradewegs auf den Turm zu, von dem aus man in die Luftpolster hineinspringen kann. Er steigt sofort bis nach ganz oben und lässt sich bäuchlings in die Luftpolster fallen. Ich kann gar nicht die Augen von ihm lassen.

Ich fühle mich geschmeichelt, dass er sich so viel Mühe gibt, unser Wochenende unvergesslich zu machen. Immerhin ist uns beiden bewusst, dass unsere gemeinsame Zeit nicht von Dauer sein wird. Andere Jungs würden in so etwas nicht so viel Energie investieren. Die Zeit mit Lucas ist schön. Sehr schön sogar. Es ist leicht, mit ihm Spaß zu haben und zu lachen. Etwas anderes macht Lucas auch nicht. Ernste Themen und Gespräche sind nicht sein Ding, das merkt man.

Und trotzdem habe ich Nate immer in meinem Hinterkopf. Wie würde es ihm gehen, wenn er wüsste, dass ich hier bin? Was macht er so? Geht es ihm besser ohne mich? Hat er auch gerade ein atemberaubendes Date mit einer anderen?

***

Das Trampolinspringen macht richtig Spaß. Lucas hat mich bereits drei Mal in Doodle Jump besiegt, dafür habe ich mehr Körbe beim Basketball getroffen. Es ist schön, dass das nicht an seinem Ego zu kratzen scheint. Eher im Gegenteil. Er hat mich die ganze Zeit angefeuert und mir zugejubelt. Ich habe mich gefühlt wie eine professionelle Basketballspielerin, die gerade ihr erstes Match gewonnen hat und als wäre er in meinem Cheerleader Team.

Der Parkour hingegen ist so verdammt anstrengend, dass ich ihn einfach nicht unter fünfundvierzig Sekunden schaffe. Man muss ständig irgendwo draufspringen oder unter etwas hindurchkriechen. Ich bin verwundert, dass ich es überhaupt so oft geschafft habe, ohne zusammenzubrechen und ohne mich zu verletzen. In dieser Hinsicht bin ich ziemlich tollpatschig. Lucas zieht mich schon die ganze Zeit auf, weil er den Parkour in der Hälfte der Zeit schafft. Außerdem findet er es sehr amüsant, wie ich mich beim Hindurchkriechen anstelle. Er hat mich mit einer achtzigjährigen Rentnerin verglichen.

Sein Humor ist sehr anziehend. Ich habe Bauchschmerzen vor Lachen, weil Lucas anscheinend gerne und oft bescheuert tanzt. Er hüpft seit fünf Minuten wie ein Verrückter hin und her und wirft die Arme durch die Luft. Das Schlimme daran ist, er sieht dabei verdammt sexy aus. Er singt wieder can't touch this dddd dd und zeigt die ganze Zeit auf meinen Körper.

»Das ist unsere Hymne des Wochenendes. Immerhin darf ich deinen Körper ja nicht wirklich berühren.«

Ich krümme mich vor Lachen.

Eigentlich stehe ich eher auf ernste, grübelnde Typen, aber Lucas macht es einem schwer, ihn nicht anziehend zu finden. Sein Charme ist unglaublich. Sein Lächeln lässt einen dahinschmelzen. Er hat so viele Lachfalten an seinen Augen, dass man denken könnte, er hat in seinem ganzen Leben noch nie etwas anderes gemacht. Es ist ein tolles Gefühl, eine ganze Halle nur für sich zu haben. Man kann so laut schreien, wie man möchte und keiner schaut einen mit gereizten Blicken an. Es sind sicher Stunden vergangen, seit wir hier angekommen sind und wir haben noch keine einzige Minute Pause gemacht. Jetzt sitze ich auf einem der großen Trampoline. Ich kann nicht mehr springen oder auch nur gehen. Mir tut alles weh. Früher ist mir das Springen nicht so anstrengend vorgekommen. Ich hatte in meinem Garten ein großes Trampolin, auf welchem ich jeden Tag Stunden verbracht habe. Aber als Kind macht einen sowieso nichts müde.

Lucas lässt sich neben mich aufs Trampolin fallen.

Ich bin so verschwitzt. Verdammt, warum gehe ich auch mit einem Typen am dritten Tag in eine Halle und veranstalte Rennen. Selbst schuld. Ich hätte einfach weniger springen sollen. Doch wo wäre dann der Spaß geblieben? Und dafür ist die Zeit mit Lucas schließlich da. Lucas gibt mir Gott sei Dank nicht das Gefühl, als müsste mir mein Schwitzen unangenehm sein.

Ganz im Gegenteil, sein Blick wirkt eher, als würde es

ihm gefallen, dass ich einfach nur Spaß habe.

Ich strahle Lucas an, weil ich so froh bin, heute mit ihm hier zu sein. Er setzt sich mir gegenüber aufs Trampolin und irgendetwas an ihm verändert sich. Als würde eine stählerne Mauer zwischen uns hochgefahren werden.

Lucas' Lächeln verschwindet und sein Blick wirkt extrem ernst. Habe ich irgendetwas falsch gemacht? Oder warum schwingt seine Stimmung von der einen auf die andere Sekunde so um. Ich dachte gar nicht, dass Lucas überhaupt ernst sein kann. Aber dieser Blick ist nicht nur ernst, er ist fast beängstigend.

»Julie, du warst immer verdammt ehrlich zu mir, also möchte ich auch ehrlich zu dir sein.«

Sein Blick ist so durchdringend, dass mich ein heißer Schauer durchläuft. Aber nicht diese wohlige Art von Schauer, wenn man erregt ist, sondern ein richtig kalter unangenehmer.

Was will er mir jetzt beichten? Hat er eine Geschlechtskrankheit? Oder noch schlimmer … eine Freundin?

»Ich hatte noch nie eine Freundin. Ich war noch nie

verliebt. Ich weiß nicht mal, ob ich fähig bin zu lieben.« Er stockt.

Okay, das Thema mit der Freundin hat sich damit wohl erledigt.

Was soll ich mit dieser Information anfangen? Steht er auf Männer? Aber warum sollte er mich dann in der Bar angesprochen haben?

»Verstehe. Oder besser gesagt, ich verstehe nicht ganz, was du mir gerade sagen möchtest, Lucas.«

Die Leichtigkeit, die vor fünf Minuten noch mein Herz erfüllt hat, ist verschwunden. In mir zieht sich alles zusammen und ich würde am liebsten aufstehen und gehen. Bis jetzt kam es noch nie vor, dass ein Mensch innerhalb von fünf Minuten zwei so gegensätzliche Gefühle in mir ausgelöst hat.

»Wie du sicher gemerkt hast, nehme ich das Leben lieber leicht. Ich habe Spaß und hasse Verantwortung. Ich habe in meinem Beruf so viel davon, dass ich privat einfach nicht bereit dazu bin.«

Er macht eine Pause und wartet, was ich dazu zu sagen habe. Aber ich wüsste nicht, was ich darauf antworten sollte. Ich habe ihm gesagt, dass er es bestimmt kein ganzes Wochenende mit mir aushalten wird. Und siehe da, meine Vermutung hat sich bestätigt. Und das, obwohl er nur die glückliche Version von Julie bekommen hat. Wie sollte er jemals mit der traurigen Julie klarkommen?

Lucas merkt, dass ich nicht antworte und redet weiter. »Das Wort Beziehung löst in mir ein Gefühl von Enge aus. Ich will nicht, dass du dich in mich verliebst. Ich will nicht, dass du deine Entscheidung, ob du mit Nate zusammenbleibst, von mir abhängig machst.«

Wow, das hat gesessen. Was um alles in der Welt bildet er sich ein. Als ob ich die Entscheidung über eine siebenjährige Beziehung von irgendeinem Typen abhängig machen würde, den ich seit drei Tagen kenne.

Was soll das überhaupt bedeuten, dass er nicht weiß, ob er fähig ist zu lieben. Ist er etwa ein gefühlskaltes Arschloch, das jede Frau nur für Sex benutzt? Aber das kann nicht sein, sonst würde er wohl kaum zwei Nächte in meiner Wohnung verbringen, ohne auch nur einmal mit mir zu schlafen. Und zusätzlich auch noch das ausgefallenste Date aller Zeiten organisieren.

Er hat es jedoch nie als Date bezeichnet. Vielleicht

bedeutet es ihm auch gar nichts und er kommt mit jeder seiner Eroberungen hierher. Vielleicht gehört die Trampolinhalle ja ihm selbst und das alles war nur eine Masche, um mich ins Bett zu bekommen.

»Was soll das Lucas? Zuerst überredest du mich, dir eine Chance zu geben und dann stößt du mich vor den Kopf? Was bildest du dir eigentlich ein? Glaubst du wirklich, ich würde Nate für jemanden wie dich verlassen?!«

Gut, das hat mindestens genauso gesessen. Ich weiß nicht, was in mich gefahren ist. Ich schreie normalerweise nie. Aber irgendwie hat Lucas einen wunden Punkt getroffen. Vielleicht fühle ich mich schuldig, weil ich die Zeit mit ihm wirklich so genossen habe und Nate dadurch etwas in den Hintergrund gerückt ist.

Aber das ist doch der Sinn einer Trennung auf Probe, oder? Spaß zu haben und andere Typen zu treffen. Na gut, vielleicht würde normalerweise etwas mehr Sex und ein bisschen weniger Gespräche und Lachen dazugehören. Aber es ist doch meine Sache, wie ich dieses halbe Jahr verbringe. Es ist meine Sache, welche Gefühle ich habe und welche nicht. Das lasse ich mir ganz bestimmt nicht von Lucas vorschreiben.

Lucas scheint es die Sprache verschlagen zu haben. Oder er möchte einfach nichts mehr mit mir besprechen. Anscheinend hat sich unsere gemeinsame Zeit somit erledigt. Deshalb stehe ich auf und renne zur Garderobe.

»Du darfst mich jetzt nach Hause bringen. Unser Wochenende ist offiziell vorbei«, rufe ich noch schnell über die Schulter.

Meine Stimme zittert und ich muss meine Tränen zurückhalten. Ich habe mich noch nie so vor den Kopf gestoßen gefühlt wie gerade eben. Hat dieser Typ eine multiple Persönlichkeit, oder was soll das alles? Wie kann ein Mensch sich von der einen auf die andere Sekunde so verändern? Vielleicht ist es ja ganz gut, dass ich jetzt schon gemerkt habe, woran ich bei ihm bin. Nicht, dass ich mich am Ende noch in dieses Arschloch verliebt hätte. So etwas wie Liebeskummer kann ich in diesem halben Jahr ganz und gar nicht gebrauchen. Ich will Spaß haben und mir nichts vorschreiben lassen. Schon gar nicht von einem Typen, der mich kaum kennt.

***

Lucas und ich haben die ganze Autofahrt über kein einziges Wort miteinander gewechselt. Ich habe einige Male unauffällig zu ihm hinübergesehen. Sein Blick war starr auf die Straße gerichtet und es waren keine Emotionen darin zu erkennen. Dafür haben meine Emotionen umso mehr verrückt gespielt. Zwischen Wut, Trauer und Gekränktheit war alles dabei. Ich dachte immer, dass ich eine gute Menschenkenntnis besitze, aber in Lucas habe ich mich anscheinend getäuscht.

Eine Autofahrt hat sich noch nie so lang angefühlt wie diese hier und das leider nicht im positiven Sinn. Die Luft im Auto ist so dünn, dass es mir schwerfällt, überhaupt zu atmen. Am liebsten wäre ich ausgestiegen und mit dem Taxi nach Hause gefahren. Aber ich werde mir meine Verletztheit ganz bestimmt nicht anmerken lassen.

Zu Hause bin ich sofort aus dem Auto gestürmt und habe die Tür lauter als nötig hinter mir zugeschlagen.

Lucas hat nicht versucht, mich aufzuhalten.

Er hat noch nicht mal etwas gesagt. Er hat einfach nur starr aus dem Fenster geblickt und darauf gewartet, dass ich endlich aussteige. Dass er mich endlich los wird.

Somit ist unsere "unbeschwerte" Zeit wohl zu Ende.

Lucas

Sonntag, 1. Juli

Heute ist mein Geburtstag. Mein achtundzwanzigster, um genau zu sein. Der erste in meinem Leben, auf den ich mich so ganz und gar nicht freue. Na gut, an meine frühe Kindheit habe ich eigentlich keine Erinnerungen mehr. Aber seit ich mich erinnern kann, konnte ich es immer kaum erwarten, Geburtstag zu haben.

Ich habe mich schon oft gefragt, warum die Zeit als Kleinkind wie ein grauer Nebel in meinem Kopf ist. Die meisten wissen zumindest, dass irgendwelche besonderen Anlässe im Kindergarten stattgefunden haben oder erinnern sich an tolle Geburtstagspartys. Aber bei mir ist da einfach nur Leere. Nicht einmal Ausflüge mit der Familie sind mir im Gedächtnis geblieben. Ich habe meine Eltern noch nie darauf angesprochen, weil sie generell nie viel über meine frühe Kindheit sprechen. Wir haben ein relativ gutes Verhältnis, aber trotzdem ist da immer eine Art von Distanz. Mir kommt es fast so vor, als wollten sie sich gar nicht an diese Zeit erinnern. Früher habe ich mich oft gefragt, ob vielleicht etwas passiert ist, an das sie nicht erinnert werden wollen. Aber mittlerweile habe ich mich mit der Tatsache, dass wir keine Familie sind, die am Esstisch über lustige erste Worte oder Pannen spricht, abgefunden. Ich bin glücklich mit den Kindheitserinnerungen, die ich habe. Warum sollte ich mich dann um welche bemühen, die es anscheinend gar nicht wert sind, dass ich mich an sie erinnere.

Meine Schwester ist sieben Jahre jünger als ich, weshalb wir nie sonderlich viel gemeinsam hatten. Wir hatten immer komplett unterschiedliche Interessen und einen anderen Freundeskreis. Erst seit einigen Jahren haben wir ein ganz gutes Verhältnis zueinander. Ich sehe sie zwar auch nicht viel öfter als meine Eltern, aber bei ihr habe ich zumindest das Gefühl, nicht nur in einer Scheinfamilie zu leben. Sie schafft es manchmal, an meiner Oberfläche zu kratzen und etwas zu mir vorzudringen.

Geburtstag bedeutet bei uns immer Familienessen. Da

mein Geburtstag in diesem Jahr auf einen Sonntag fällt, kann ich mich auch kaum davor drücken.

Meine Laune hält sich in Grenzen, aber ich mache mich trotzdem auf den Weg zu meinen Eltern. Immerhin sind Geburtstage und Weihnachten die einzigen Tage im Jahr, an denen sie mich überhaupt zu Gesicht bekommen.

Das Wochenende mit Julie ist nun fast einen Monat her und ich kann immer noch an nichts anderes denken als an sie. Ich bin so ein Idiot, warum musste ich alles versauen. Da lerne ich einmal eine Frau kennen, die mir interessant erscheint und ein gewisses Kribbeln bei mir verursacht und ich habe nichts Besseres zu tun, als meine Kaputtheit in den Raum zu werfen. Warum habe ich nicht einfach die Zeit mit ihr genossen? Sie hätte sich wahrscheinlich sowieso nicht für mich entschieden. Geschweige denn, sich in mich verliebt. Immerhin scheint sie nicht wirklich über diesen Nate hinweg zu sein und versucht auch nicht, mit ihm abzuschließen. Der Satz, den sie mir in der Trampolinhalle an den Kopf geworfen hat, hat verdammt weh getan. Aber es stimmt. Wie komme ich nur auf die Idee, mir anzumaßen, dass sie ihren Freund für jemanden wie mich verlassen könnte? Jemanden, der nicht einmal fähig ist, eine Beziehung zu führen. Aber wir hätten zumindest vier schöne Monate gemeinsam haben können und ich hätte anschließend wieder meine Beziehungsunfähigkeit ausleben können. Am meisten ärgere ich mich darüber, dass ich immer noch nicht den Mut hatte, bei ihr vorbeizufahren. Und wahrscheinlich werde ich ihn auch nicht mehr aufbringen. Doch irgendwie sagt mir mein Gefühl, dass ich sie auch nicht so schnell vergessen werde, und das treibt mich fast in den Wahnsinn. Es ist ungewohnt für mich, dass ich überhaupt über eine Frau nachdenke und dann auch noch einen ganzen Monat lang.

Ich will nicht mit ihr zusammen sein, aber ich will auch nicht "nicht" mit ihr zusammen sein. Die Zeit mit ihr löst etwas in mir aus. Als würde sie mich lebendiger machen, als ich es je war.

Ich kann selbst nicht erklären, was da im Trampolinpark auf einmal in mich gefahren ist. Sie hat mich so strahlend angelächelt, dass sich in mir auf einmal alles zusammengezogen hat. Sie hat mich angesehen, wie mich noch nie zuvor jemand angesehen hat. So als wäre ich das Schönste auf der Welt. Das hat mir verdammt Angst gemacht. Ich will nicht, dass sie mich mag oder sich in mich verliebt. Ich würde sie sowieso nur verletzen, wenn ich nach ein, zwei Wochen wieder genug von ihr hätte. Ich habe es noch nie lange mit einer Frau ausgehalten. Das war mir auch immer egal. Aber ich könnte es mir nicht verzeihen, wenn Julie wegen mir Liebeskummer hätte. Sie hat in ihrem Leben genug Tränen vergossen.

***

Bei meinen Eltern angekommen, riecht es köstlich. Meine Mutter übertrifft sich immer selbst mit neuen Rezepten und ausgefallenen Ideen. Kochen war schon immer ihre größte Leidenschaft.

Ich versuche, mich so gut wie möglich zusammenzureißen und mir meine Laune nicht anmerken zu lassen. Der Vorteil einer gewissen Distanz in der Familie ist, dass wir nie wirklich über zu persönliche Dinge sprechen. Ich bin mir nicht mal sicher, ob sich meine Eltern überhaupt richtig für mein Leben interessieren. Oder ob sie es aufgegeben haben, mich zu überzeugen, sie daran teilhaben zu lassen. Wir haben schon so lange diese Art von Distanz, dass ich gar nicht mehr sagen kann, von wem sie ursprünglich ausgegangen ist. Ich bin ausgezogen, als ich siebzehn war und habe mich seitdem komplett abgekapselt. Ich genieße diesen Freiraum. Dass jeder zu jedem beliebigen Zeitpunkt einfach in meine Privatsphäre eindringen kann, hat mich immer am meisten am gemeinsamen Wohnen gestört. Wahrscheinlich bin ich einfach nicht dazu gemacht, mir mit anderen ein Haus oder eine Wohnung zu teilen. Ich lebe am liebsten allein. Und meine Eltern versuchen gar nicht mehr, in meinen Freiraum einzudringen.

Natürlich höre ich hin und wieder Kommentare wie: "Wann bringst du denn endlich mal ein Mädchen mit zu uns?" oder "Bekommen wir in diesem Leben noch Enkelkinder?" Aber diese Kommentare stören mich nicht. Ich hatte noch nie das Bedürfnis, eine Frau meinen Eltern vorzustellen und wahrscheinlich wird sich das auch nicht mehr ändern. Ich sehe meine Eltern ja selbst nur maximal sechsmal im Jahr, obwohl wir nur eine Viertelstunde voneinander entfernt wohnen. Ich habe ihnen noch nicht mal mein Loft gezeigt und sie wissen auch nicht, wie erfolgreich meine Firma in Wahrheit ist. Aber das ist auch gut so. Sonst würden sie nur die ganze Zeit mit mir angeben und darauf habe ich keine Lust. Ich hasse es, wenn Eltern mit ihren Kindern prahlen, als wäre ihr Erfolg der Verdienst ihrer Eltern.

Meine Schwester ist das komplette Gegenteil von mir. Laura verbringt ständig Zeit mit unseren Eltern. Sie ist seit fünf Jahren in einer festen Beziehung und kann gar nicht genug tiefgründige Gespräche führen. Sie ist eher ernst und grüblerisch veranlagt und analysiert alles hundertmal. Wir haben nicht wirklich viel gemeinsam und sehen uns noch nicht mal ähnlich und doch ist sie der Mensch, zudem ich zumindest annähernd so etwas wie eine Beziehung habe.

»Mich kannst du nicht täuschen, Lucas«, reißt sie mich aus meinen Gedanken.

Wir sind gerade allein im Wohnzimmer, während unsere Eltern die Nachspeise vorbereiten. Wir haben es uns auf der Couch gemütlich gemacht und bis jetzt über belangloses Zeug geredet. Aber das ist nun anscheinend vorbei.

»Wo ist deine gute Laune? Du bist normalerweise nie, und mit nie meine ich wirklich nie, schlecht drauf. Was ist passiert?«

Irgendwie freut es mich, dass mich zumindest Laura so gut kennt, dass ihr das auffällt. Trotzdem habe ich nicht das Bedürfnis, mich mit ihr über meine Nicht-Beziehungen zu unterhalten. Sie würde das sowieso nicht verstehen. Immerhin ist sie der beziehungsfähigste Mensch, den ich kenne. Sie würde sich nie in meine Lage hineinversetzen können.

»Nichts, nur viel Stress bei der Arbeit«, sage ich schnell und hoffe, dass sich das Thema damit erledigt hat.

»Du hast immer viel Stress bei der Arbeit. Du liebst Stress bei der Arbeit. Daran kann es nicht liegen. Sag schon, was ist passiert?«

Mir wird gerade bewusst, dass Laura nicht lockerlassen wird und gebe mich geschlagen. Vielleicht hat sie ja doch einen klugen Ratschlag für mich auf Lager.

»Ich habe eine Frau getroffen. Ihr Name ist Julie. Sie ist die erste Frau, die ich näher kennenlernen möchte. Trotzdem habe ich es vermasselt. Ich weiß auch nicht, warum ich keine Beziehungen eingehen kann. Oder besser gesagt will. Irgendetwas in mir sträubt sich dagegen, jemanden zu nahe an mich heranzulassen oder demjenigen mein volles Vertrauen zu schenken. Es bereitet mir Angst.«

Ich kann selbst nicht fassen, dass ich gerade mein Innerstes vor Laura ausbreite. Ich rede nie über ernste Dinge, auch nicht mit meinen Freunden.

Ich habe früher immer gedacht, dass es an den Frauen liegt. Dass sie mich nicht wirklich interessieren. Oder an dem Stress, den eine richtige Beziehung mit sich bringt. Aber seit längerer Zeit merke ich, dass es eher die Angst ist, verlassen und verletzt zu werden. Ich will gar niemandem nahe sein, weil es sofort das Gefühl von Trauer in mir erzeugt. So als würde mir der Mensch sowieso gleich wieder entrissen werden. Deshalb lasse ich erst gar nicht zu, dass mir eine Person zu wichtig wird. Dann ist es auch nicht so schlimm, wenn sie sich wieder aus meinem Leben verabschiedet. Jemand, der einem nichts bedeutet, kann einen auch nicht verletzen. Und ich habe keine Lust darauf, verletzt zu werden.

Laura verschwindet aus dem Raum. Was soll das? Spinnt sie? Da rede ich einmal über meine Gefühle und sie hat nichts Besseres zu tun, als davonzustürmen. Ich habe keinen Bock mehr auf Familienessen und darauf so zu tun, als sei die Welt in Ordnung. Hier bei meinen Eltern ist immer alles so oberflächlich, dass es mich nicht wundert, dass ich auch sonst keine wirklich ernsten Beziehungen in meinem Leben habe. Wahrscheinlich sind sie dafür verantwortlich, dass ich so verkorkst bin. Sie haben mir nie gezeigt, wie es geht, jemanden so richtig zu lieben und an sich ranzulassen. Wie soll man lernen, Bindungen aufzubauen, wenn es einem nie vorgelebt wurde?

Als ich gerade aus dem Wohnzimmer gehe, um mich aus dem Haus zu schleichen, kommt Laura mit meiner Mutter im Arm zurück und zwingt mich, mich wieder hinzusetzen.

Ich habe Laura im Vertrauen erzählt was mich bedrückt und sie hat nichts Besseres zu tun, als davonzurennen und unsere Mutter zu holen. Wow, soll ich mir jetzt etwa Beziehungstipps von ihr anhören, oder was? Auf Erzählungen aus ihrer perfekten Bilderbuchehe mit meinem Vater kann ich getrost verzichten. Ich weiß schon, warum ich nie jemanden an meinen Gedanken teilhaben lasse.

»Ich glaube, es wird Zeit, dass ihr zwei miteinander redet. Lucas ist achtundzwanzig und unfähig auch nur irgendeine Art von Bindung einzugehen. Nicht mal zu seiner eigenen Familie. Du musst ihm die Wahrheit sagen, Mum«, sagt Laura mit überzeugter Stimme und geht aus dem Wohnzimmer.

Sie ist so schnell weg, dass ich nicht mal die Chance habe, sie aufzuhalten. So überzeugend habe ich Laura noch nie gesehen. Sie ist sonst eher der passive Typ und würde sich niemals gegen unsere Eltern auflehnen.

Was für eine Wahrheit? Was soll das Ganze? Ich habe absolut keine Lust auf irgendwelche Familiengeheimnisse und schon gar nicht auf ernste Gespräche. Nicht heute. Mir geht es wegen Julie schon beschissen genug.

Das Wohnzimmer meiner Eltern ist mir noch nie so beengend vorgekommen wie gerade eben. Es ist ein großes Zimmer mit hohen Decken und doch fühlt es sich an, als würde es mich erdrücken.

Ich habe meine Mutter noch nie so geknickt gesehen. Sie zeigt normalerweise keine Gefühle. Nicht falsch verstehen, sie ist immer eine liebevolle Mutter gewesen, aber sie hat einem dabei nie das Gefühl gegeben, sie wirklich zu kennen. Ganz nach dem Motto: Immer auf der Oberfläche bleiben. Das könnte unser Familienmantra sein.

Sie setzt sich auf die Couch und wippt nervös hin und her. Auch das habe ich bei ihr noch nie gesehen. Die Nervosität steht ihr ins Gesicht geschrieben.

»Was sollst du mir erzählen?«, presse ich heraus. Ich will dieses Gespräch so schnell wie möglich hinter mich bringen, damit ich endlich nach Hause kann.

»Lucas …« Sie stockt und ich sehe, wie sich Tränen in ihren Augen sammeln. »Es gibt da etwas, das ich dir schon seit langer Zeit sagen wollte.« Meine Mutter räuspert sich und hält sich die Hände vors Gesicht.

Ich stehe auf und laufe nervös im Wohnzimmer auf und ab. Mit dieser Wendung hatte ich heute nicht gerechnet. In unserer Familie werden ernste Themen nie besprochen. Sie werden eher unter den Teppich gekehrt und es wird so getan, als wäre alles perfekt.

War ja klar, dass sich das ausgerechnet an dem Geburtstag, auf den ich mich sowieso nicht gefreut habe, ändert.

»Wir haben dich adoptiert, als du acht Jahre alt warst.«

»Was!?«, unterbreche ich “meine” Mutter. »Das kann nicht sein. Ich kann mich nur an euch als meine Familie erinnern. Wie um alles in der Welt soll ich dann adoptiert sein!?«

Meine Welt bricht gerade zusammen. Das kann nicht sein. Das darf nicht sein. Ist mein ganzes Leben eine Lüge? Natürlich ist es mir schon oft komisch vorgekommen, dass ich keine frühkindliche Erinnerung habe. Allerdings wird es bestimmt mehr Menschen auf der Welt geben, bei denen das so ist.

Aber dass ich adoptiert bin?! Haben sie mir etwa das Gehirn vernebelt und meine Erinnerungen gelöscht, oder was!?

Ich kann meine Wut kaum noch im Zaum halten, weigere mich aber, aus dem Haus zu stürmen. Sie soll nun endlich mit der gottverdammten Wahrheit herausrücken. Schluss mit weiteren Geheimnissen und gefakter

Harmonie.

»Meine Schwester, deine Mutter, hatte starke psychische Probleme. Sie hat sich, als du acht Jahre alt warst, das Leben genommen. Du hast sie gefunden und danach zwei Monate kein einziges Wort gesprochen.« Ihre Stimme wird immer leiser und sie muss eine kurze Pause machen, um überhaupt weiterreden zu können. »Wir haben dich zu uns genommen und wussten nicht, wie wir mit der Situation umgehen sollten.« Sie hört auf zu reden und sieht mich ernst an.

Falls sie erwartet, dass ich irgendetwas dazu sage, hat sie sich geschnitten. Sie soll ruhig weiterreden. Sie hat es die letzten zwanzig Jahre meines Lebens versäumt, mit mir zu reden, also werde ich es ihr heute ganz bestimmt nicht leicht machen.

»Im Nachhinein gesehen hätten wir dich länger zu einem Psychologen schicken sollen. Aber du hast dich immer geweigert, mit jemandem zu reden. Nach zwei Monaten warst du wie ausgewechselt. Du warst so ein glückliches Kind. Immer wenn ich versucht habe, mit dir über deine Mutter zu sprechen, hast du so getan, als könntest du dich gar nicht an sie erinnern. Deshalb habe ich es einfach akzeptiert und es gut sein lassen.«

Mir stockt der Atem. Ist das gerade ihr Ernst? Als würde ein Achtjähriger absichtlich so tun, als hätte er keine Erinnerung an die Frau, die ihn geboren und sein ganzes Leben lang großgezogen hat. Als würde ein Kind irgendein manipulatives Spiel spielen und absichtlich mit niemandem reden.

»Ich kann mich NICHT an sie erinnern, Mum. Ich habe bis vor fünf Minuten nie angezweifelt, dass du meine leibliche Mutter bist«, schreie ich.

Meine Wut hat sich mittlerweile zu einem Zorn ausgebreitet, den ich noch nie in meinem Leben gefühlt habe. Es fühlt sich gerade so an, als wäre mein ganzes Leben, mein kompletter Charakter, eine riesengroße Lüge. Eine Lüge, für die ich mich nie entschieden habe, sondern die mir meine eigene "Familie" auferlegt hat. Es sollte ein Gesetz geben, welches es Adoptiveltern verbietet, eine Adoption zu verschweigen. Was bringt das? Jeder, der erst als Erwachsener davon erfährt, wird sich fragen, was in seinem Leben echt ist und was nur eine Lüge. Das sollte verboten werden.

»Ich wollte es dir an deinem achtzehnten Geburtstag

sagen. Dein Vater und Laura versuchen mich schon seit Jahren davon zu überzeugen. Aber du bist immer so glücklich und unbeschwert durchs Leben gegangen, ich wollte dir das nicht nehmen. Ich habe gedacht, für dich ist es so das Beste. Aber mittlerweile glaube ich eher, dass es für mich selbst das Beste war. Ich wollte den Gedanken an meine tote Schwester einfach verdrängen.« Sie steht auf und will auf mich zugehen, doch ich weiche zurück.

Ich will jetzt nicht von dieser Frau berührt werden. Von der Frau, die ihre Schwester zwanzig Jahre lang verschwiegen hat, als hätte es sie nie gegeben.

»Es tut mir so leid, Lucas. Ich glaube, dass dich der Tod deiner Mutter damals so geschockt hat, dass dein Gehirn als Schutz alle Erinnerungen an sie ausgelöscht hat. Ich glaube auch, dass sie der Grund ist, warum du keine Bindungen eingehst.« Sie schweigt kurz.

»Du hast Angst, im Stich gelassen und verletzt zu werden. So wie du von deiner eigenen Mutter mit nur acht Jahren verletzt worden bist.« Die Tränen in ihren Augen haben sich mittlerweile zu einem lauten Schluchzen entwickelt.

Aber meine Mutter, oder besser gesagt meine Tante tut mir nicht leid. Ich habe nicht mal einen Hauch von Mitleid mit ihr.

Ich will einfach nur hier weg. Weg von ihr, weg von meinem Vater, weg von Laura. Weg von allen, die mich zwanzig Jahre meines Lebens nur angelogen haben.

Von Laura hätte ich das nicht erwartet. Sie war erst ein Jahr alt, als das alles passiert ist. Es ist unmöglich, dass sie sich an diese Zeit erinnert und doch wusste sie anscheinend Bescheid. Das bedeutet, dass meine Mutter es ihr erzählt hat. Und sie hatte nichts Besseres zu tun, als es die ganze Zeit vor mir zu verheimlichen.

»Ich muss das erstmal alles verarbeiten und brauche Zeit für mich«, presse ich heraus und stürme aus dem Wohnzimmer direkt in den Flur. Ich ziehe meine Schuhe an und renne so schnell zu meinem Auto, dass mir der Atem wegbleibt.

So viel zum Thema: Mein Leben ist perfekt und mir ist noch nie etwas Schlimmes passiert.

Aber ist es überhaupt schlimm, wenn ich mich nicht mal mehr daran erinnern kann? Ich weiß es nicht.

Ich mag keine Menschen, die Selbstmitleid haben. Ich

hatte noch nie Mitleid mit mir und werde auch heute ganz sicher nicht damit anfangen.

Gedankenverloren fahre ich durch die Gegend, bis ich auf einmal merke, dass ich mich direkt vor Julies Haus befinde. Verdammt. Ich wollte gar nicht hierherkommen. Ich will einfach nur allein sein. Ich brauche niemanden in meinem Leben. Niemanden.

Julie

Sonntag, 1. Juli

Ich liebe meinen Garten. Es ist beruhigend, einfach nur auf der Bank zu sitzen und den Vögeln beim Singen zuzuhören.

Seit dem Wochenende mit Lucas habe ich sehr viel Zeit in meinem Garten verbracht. Ich habe keine Lust, noch mal auszugehen und irgendjemanden kennenzulernen.

Ich meine, was bringt das? Seit einem Monat habe ich nun das Glück, zwei Typen zu vermissen.

Da will ich nicht auch noch einen dritten zur Liste hinzufügen. Nate vermisse ich, weil er mein Zuhause war. Ich vermisse es, in seiner Nähe zu sein. Dass er mir zuhört und das Gefühl, von ihm geliebt zu werden.

Lucas vermisse ich, weil … Keine Ahnung, warum ich Lucas vermisse. Ich habe schließlich nur drei Tage mit ihm verbracht. Aber sein Charakter ist einzigartig. Er hat in drei Tagen so viel Leichtigkeit und Freude in mein

Leben gebracht, wie andere Menschen in ihrem ganzen Leben nicht.

Er hat in mir ein Gefühl entfacht, welches ich schon lange nicht mehr gespürt habe.

Aber vielleicht war das alles auch nur Fake, um mich ins Bett zu kriegen. Es ist mir noch nie ein Mensch, dessen Stimmung von der einen auf die andere Minute so umschlagen kann.

Ich habe mir dieses blöde Video von dem Abend, an dem wir uns kennengelernt haben, so oft angesehen, dass ich es löschen musste. Es steht mir mehr zu, als einem Typen hinterherzutrauern, auf den ich eigentlich nur wütend sein sollte. Das war ich auch. Ich war verdammt wütend. Die erste Woche habe ich nichts als Wut in mir gespürt. Aber dann habe ich das Video in meiner Galerie wiedergefunden und es angesehen. Mir ist wieder bewusst geworden, wie oft Lucas mich in der kurzen Zeit zum Lachen gebracht hat und ab dem Zeitpunkt habe ich ihn einfach nur vermisst. Deshalb habe ich das Video auch gelöscht. Ich weigere mich, einen Typen zu vermissen, der mich nicht verdient hat.

Während ich grübelnd in der Sonne sitze, fällt mir auf,

dass ich heute noch nichts gegessen habe. Kochen ist nicht gerade meine Lieblingsbeschäftigung, aber wenn ich nicht bald etwas esse, wird mir bestimmt schlecht. Ich mache mich gerade auf den Weg ins Haus, da bleibe ich vor Schreck stehen.

Ist das Lucas' Wagen, der da gegenüber von meiner Einfahrt steht? Zumindest hat er denselben und auch die Nummerntafel kommt mir irgendwie bekannt vor.

Ich glaube aber kaum, dass er nach einem Monat auf einmal auf die Idee kommt, hier aufzutauchen.

Vielleicht sollte ich es einfach ignorieren und in die Küche gehen.

Aber ich kann nicht. Ich werde fast wie magisch zu dem Wagen hingezogen und merke erst, dass ich auf ihn zugehe, als ich schon fast da bin.

Lass das Julie, verdammt! Es ist nicht einmal fünf Minuten her, als du noch der Meinung warst, dass er dich nicht verdient hat.

Ich klopfe an die Fensterscheibe und Lucas lässt sie herunter. Meine Hände kleben vor Nervosität.

Lucas' Blick ist irgendwie leer, aber als er mich ansieht, findet ein Funke seines üblichen Glanzes den Weg zurück in seine wunderschönen blauen Augen. Blau ist für seine Augen fast eine Beleidigung. Sie sind eher himmelblau, sofern es diese Farbe überhaupt gibt.

»Was machst du hier?«, frage ich nervös. Ich weiß auch nicht, warum ich überhaupt nach draußen gegangen bin. Wenn er mich sehen wollte, hätte er bestimmt geklingelt. Vielleicht ist er ja nur zufällig in der Gegend. In meiner Nachbarschaft gibt es aber nichts als Wohnhäuser und ich glaube kaum, dass er einen Nachbarn von mir besuchen wollte.

Lucas räuspert sich und wirkt auf einmal mindestens genauso nervös, wie ich mich gerade fühle.

»Das weiß ich selbst nicht so genau. Ich bin ziellos durch die Gegend gefahren und auf einmal war ich hier.«

Sein Blick ist mal wieder so intensiv, dass es mir den Atem raubt. Er braucht mich nur anzusehen und meine aufgestaute Wut ist wie verschwunden. Ist das gesund? Wahrscheinlich nicht.

»Willst du reinkommen?«, frage ich. »Ich wollte mir gerade was zu essen machen, falls du auch was möchtest.«

Ich kann selbst kaum glauben, wie wenig es braucht, um mich um den Finger zu wickeln. Lucas ist immerhin nur zufällig hier gelandet und hat mit keinem Wort erwähnt, dass es ihm leidtut oder dass er mit reinkommen möchte. Er braucht mich nur anzusehen und schon ist es um mich geschehen. Wahrscheinlich hat er im letzten Monat nicht mal ansatzweise so oft an mich gedacht, wie ich an ihn. Ich habe mir fest vorgenommen, ihn zu vergessen und ihn nicht mehr in mein Leben zu lassen.

Und trotzdem will ich, dass er mit reinkommt.

Was hat dieser Typ nur aus der schlagfertigen Julie gemacht? Aus der Julie, die sich nichts gefallen lässt und für sich selbst einsteht?

Lucas steigt aus dem Wagen und geht zielstrebig auf mein Haus zu. »Ich habe schon gegessen, danke. Aber ich kann dir beim Kochen helfen.«

***

Lucas ist mittlerweile seit drei Stunden bei mir. Die

Zeit mit ihm ist wie im Flug vergangen. Sie vergeht so schnell, dass ich sie am liebsten anhalten würde. Ich kann ja schließlich nicht wissen, wann Lucas' Laune wieder ins Negative umschlägt und er abhaut.

Wir haben nicht mehr über den Vorfall in der Trampolinhalle gesprochen. Ich glaube, keiner von uns beiden wollte riskieren, dass es in einen Streit ausartet.

Irgendwas an ihm ist heute anders. Sein Blick ist nicht mehr so unbeschwert wie früher. Es kommt mir fast so vor, als wäre etwas in ihm genauso zerbrochen wie bei mir. Ich traue mich aber nicht, ihn nach dem Grund zu fragen. Hat er mich vielleicht doch vermisst? Musste er auch viel an mich denken und ist deshalb das erste Mal in seinem Leben traurig? Wohl kaum. Lucas war noch nie in einer Beziehung, geschweige denn verliebt, was an mir sollte daran etwas ändern. Vielleicht bilde ich mir die Veränderung ja auch nur ein.

Er wird schon mit mir darüber reden, falls er das Bedürfnis danach hat. Wenn ich eines in den letzten Jahren gelernt habe, dann, dass man Menschen zu nichts zwingen sollte.

Meist sind sie sowieso nur offen und ehrlich, wenn sie

das Gespräch selbst beginnen.

Mir geht es genauso. Ich rede immer offen über meine Probleme und Gefühle, aber wenn ich mich unter Druck gesetzt fühle, verschließe ich mich komplett. Das ist auch der Grund, warum ich sehr lange gebraucht habe, um eine passende Psychologin für mich zu finden. Ich liebe direkte und ehrliche Menschen, aber ich darf mich nicht von ihnen angegriffen oder bevormundet fühlen. Olivia ist perfekt. Sie ist die erste, der ich mich komplett öffnen kann. Ich habe mit ihr viel über Nate und Lucas gesprochen. Sie verurteilt mich nicht, kein bisschen.

Ich habe für mich die Entscheidung getroffen, Lucas nicht mehr zu nah an mich heranzulassen. Wir haben einfach Spaß und einen lustigen Flirt, bis er sich wieder aus meinem Leben verabschiedet. Und das ist okay. Etwas Ernstes kann ich zurzeit sowieso nicht gebrauchen und er hat mir mehr als deutlich gemacht, dass es so etwas wie Beziehungen in seinem Leben nicht gibt. Außerdem liebe ich Nate. Er ist der Mann, um den meine Gedanken kreisen sollten. Auch wenn das in Lucas' Gegenwart nicht wirklich der Fall ist. Aber es ist okay, eine sexy Ablenkung zu haben, solange ich ihn nicht in mein Herz schließe. Solange ich mich nicht in ihn verliebe.

Seit dem Essen haben Lucas und ich sicher schon fünf Runden "Wer bin ich" gespielt.

Irgendwie sind wir auf meine Kindheit zu sprechen gekommen und ich habe ihm erzählt, wie gerne ich dieses Spiel immer gespielt habe. Meine Eltern haben sich immer stundenlang neue Charaktere überlegt, welche wir uns gegenseitig auf die Stirn geklebt haben. Manchmal konnten sie mich nur so zum Spazieren gehen motivieren, weil wir währenddessen "Wer bin ich" gespielt haben. Die anderen Spaziergänger haben uns oft komisch angesehen, weil wir Zettel auf unserer Stirn kleben hatten, aber das war meinen Eltern egal. Ihnen war generell egal, was andere von ihnen denken. Das ist mit der schönste Charakterzug, den sie mir auf meinen Weg mitgegeben haben. Die Spiele, die wir immer gemeinsam gespielt haben, sind meine tollsten Kindheitserinnerung. Ich glaube kaum, dass andere Eltern auch so viel Spaß beim Spielen mit ihren Kindern hatten wie meine.

Auch Lucas scheint dieses Kindliche in sich erhalten

zu haben. Er hat mich sofort nach Zettel, Klebeband und Stift gefragt und los ging es.

Ich habe schon Bauchschmerzen vom Lachen, da wir beide immer ewig brauchen, um zu erraten, wer wir sind.

"Hannah Montana" und "Winnie Puh" sind meiner Meinung nach nicht wirklich schwer zu erratende Charaktere. Aber Lucas scheint sie nicht wirklich zu kennen. Ganz so, als hätte er in seiner Kindheit nie ferngesehen. Ich meine, Hallo!? "Hannah Montana" war mein größtes Idol und meine beste Freundin. Ich dachte immer, ich wäre die Einzige, die über ihr Geheimnis, dass sie eigentlich Miley Cyrus ist, Bescheid weiß. Und das, obwohl ihre Serie jeden Tag im Fernsehen lief. Ich habe nicht mal mit meinen Freundinnen darüber geredet, weil ich immer Angst hatte, dass ich Hannahs Geheimnis versehentlich ausplaudern könnte. Ich muss selbst manchmal darüber lachen, was für eine blühende Fantasie ich als Kind hatte. Es ist schade, dass diese, je älter man wird, immer mehr verloren geht.

Im Gegenzug kommt Lucas die ganze Zeit mit irgendwelchen Schauspielern und Stand-Up-Comedians um die Ecke. Als ob ich weiß, wie die alle heißen. Ich schaue gerne Filme, befasse mich aber nie mit den einzelnen Schauspielern. Und Stand-Up-Comedy kann ich sowieso nicht leiden. Bis ich den einen Witz verstanden habe, ist der Comedian schon beim nächsten angekommen. Das ist verdammt anstrengend.

Den Einzigen, den ich beim Namen nennen kann, ist Kevin Hart. Und das auch nur, weil er zusätzlich Schauspieler ist und jeder Film mit ihm eine 10 von 10 ist. Genau wie er.

Es bereitet Lucas und mir eine Menge Spaß, den anderen in die Verzweiflung zu jagen. So viel steht fest.

Wir fühlen uns geradezu herausgefordert, immer unbekanntere Charaktere zu verwenden, nur damit wir den anderen in den Wahnsinn treiben können.

Nach sechs Runden habe ich genug. Lucas soll ein Spiel vorschlagen, welches er früher selbst immer gerne gespielt hat. Bei unserem Ehrgeiz habe ich Angst, dass wir noch zu streiten beginnen, wenn wir noch länger "Wer bin ich" spielen.

»Wie wäre es mit Wahrheit oder Pflicht?« Lucas dreht mir das Gesicht zu und grinst. War ja klar, dass so etwas in der Art kommt.

Das ist wohl eher ein Teenager-Schmuse-Spiel als eine schöne Kindheitserinnerung. Aber immer noch kindisch genug, um richtig viel Spaß zu haben.

»Okay, du fängst an«, sage ich aufgeregt und mache es mir auf der Couch gemütlich.

»Ich nehme Pflicht«, erwidert Lucas wie aus der Pistole geschossen.

Obwohl ich weiß, dass das sicher auf mich zurückfallen wird, kann ich nicht anders. »Gut, dann zieh dein T-Shirt aus. Gaaanz langsam und strippe dabei für mich für mindestens fünf Minuten«, sage ich mit einem verschmitzten Lächeln im Gesicht.

Lucas ist so selbstbewusst, dass diese Aufgabe für ihn sicher kein Problem darstellt. Die Aufgabe war vielleicht auch mehr Eigennutz, als dass ich ihn damit blamieren wollte.

Lucas steht auf und tut, was ich ihm angeordnet habe. Wie kann ihm nur alles so verdammt egal sein? Er wirkt nicht so, als wäre ihm das Ganze unangenehm. Ganz im Gegenteil. Er scheint es zu genießen, mich mit seiner Sexyness zu provozieren. Lucas bewegt seine Hüften und zieht dabei ganz langsam sein Shirt in die Höhe. Das, was darunter zu sehen ist, raubt mir den Atem. Mit diesem Anblick hätte ich nicht gerechnet.

Mir war schon klar, dass er einen gut trainierten Körper hat, aber DAS?

Wow. Ich glaube, an diesem Bauch befindet sich kein einziges Gramm Fett. Wie oft geht dieser Typ bitte trainieren?

Jetzt muss ich mich eindeutig für "Wahrheit" entscheiden. Neben diesem Körper ziehe ich ganz bestimmt nicht mein Shirt aus. Ich bin zwar ganz sportlich schlank, aber neben diesem Bauch kann man ja nur Minderwertigkeitskomplexe bekommen.

Und, oh mein Gott, wie ausgeprägt ist bitte sein V? Es gibt kaum etwas, das ich attraktiver an einem Mann finde, als diesen Pfad zum Glück. Ich würde nur allzu gerne die Region sehen, in die dieser Pfad…

Reiß dich zusammen, Julie. So unwiderstehlich ist er nun auch wieder nicht. Oh doch, das ist er. Meine Gedanken spielen verrückt.

Lucas grinst mich an. Er muss gemerkt haben, wie ich ihn anstarre. Ich kann nicht glauben, was ich da gerade ins Rollen gebracht habe. Das ist so ganz und gar nicht meine Art.

Ich spüre, wie mir die Röte ins Gesicht steigt. Die ganze Situation ist mir mittlerweile etwas unangenehm.

Aber Lucas macht ungeniert weiter. Ich habe zwar nicht auf die Uhr gesehen, könnte aber wetten, dass er mindestens zehn Minuten für mich getanzt hat. Er hat sogar seinen Gürtel geöffnet, obwohl das nicht mal Teil der Aufgabe war. Dieses Selbstbewusstsein treibt mich noch in den Wahnsinn. Wenn ich noch weitere fünf Minuten warten würde, würde er wahrscheinlich nackt vor mir stehen.

»Ich nehme Wahrheit«, flüstere ich heiser und hoffe, dass ich keine allzu persönliche Frage gestellt bekomme. Dabei habe ich ihm am ersten Abend sowieso schon meine komplette Vergangenheit offenbart. Viel persönlicher kann es jetzt nicht mehr werden. Lucas setzt sich wieder zu mir auf die Couch, kommt aber gar nicht erst auf die Idee, sich das T-Shirt wieder anzuziehen. Es liegt immer noch genau so auf dem Boden, wie er es bei seinem Striptease hinterlassen hat.

»Hmmm, da muss ich mir jetzt eine gute Frage

überlegen«, sagt Lucas verschmitzt und rückt noch etwas näher an mich heran. Die Wärme, die sein Körper ausstrahlt, ist unglaublich. Ich muss mich zusammenreißen, dass ich nicht einfach meine Hand auf seinen Bauch lege. *Krieg dich wieder ein Julie.*

»Was turnt dich beim Sex am meisten an?« Er beginnt zu grinsen und lehnt sich lässig auf der Couch zurück. Er legt seine Hand beiläufig auf meinen Oberschenkel und zeichnet mit seinem Daumen kleine Kreise darauf. Diese Berührung fühlt sich an, als würden elektrische Stromschläge durch meinen Körper zucken.

Dass aus "Wahrheit oder Pflicht" ein Sexspiel wird, hätte mir von Anfang an klar sein müssen. Aber selbst schuld, wenn ich ihn als erste Aufgabe gleich einen Striptease hinlegen lasse.

Diese Frage ist nun doch intimer als erwartet. Wie komme ich aus dieser Situation wieder heraus? Was soll ich darauf nur antworten, ohne dass es in etwas ausartet, für das ich heute noch ganz und gar nicht bereit bin?

»Ich stehe auf Sex auf dem Boden«. Sein verblüffter Blick bringt mich fast zum Lachen. »Da ist der Widerstand härter als im Bett und man spürt sich intensiver«, versuche ich mich zu erklären.

Ich weiß nicht, mit welcher Antwort Lucas gerechnet hat, aber wenn ich eine Frage bekomme, dann beantworte ich sie ehrlich. Vielleicht hat er mit etwas Ausgefallenem oder Verwegenem gerechnet. Aber das ist das Erste, was mir spontan eingefallen ist. Ich finde, es gibt wirklich nichts intensiveres als Sex auf dem Boden.

Die Verblüffung weicht aus seinem Blick und er sieht mich einfach nur unverwandt an. Die Spannung zwischen uns ist fast greifbar und ich spüre ein Kribbeln in meinem ganzen Körper. Sein Griff um meinen Oberschenkel wird fester und er beugt sich immer weiter in meine Richtung. Lucas' Gesicht kommt meinem so nahe, dass ich seinen Atem auf meinen Lippen spüre. Ich kann mich kaum noch zurückhalten, will aber nicht den ersten Schritt machen. Er muss meiner Körpersprache anmerken, wie unwiderstehlich er für mich ist. Ich will sein Ego nicht noch mehr pushen, indem ich über ihn herfalle. Er soll sich ruhig ein bisschen bemühen müssen. Es gefällt mir, ihn zappeln zu lassen. Wir haben uns erst einmal geküsst. Das war an dem Samstag, an dem Lucas mir sein Lieblingslied vorgespielt hat. Der

Moment war einer der schönsten meines Lebens. Lucas hat mich so gefühlvoll geküsst, dass ich fast dahingeschmolzen wäre. Wir haben uns sehr lange und intensiv geküsst, haben dabei aber unsere Klamotten anbehalten. Er hat anschließend sogar wieder im Gästezimmer geschlafen. Es hat mich wirklich beeindruckt, dass er nicht mal versucht hat, meine Klamotten auszuziehen. In dem Moment dachte ich, wie ernst er es mit mir meinen muss, um das auszuhalten. Aber am nächsten Tag wurde ich knallhart vom Gegenteil überzeugt.

Ich weiß nicht, ob ich die Selbstbeherrschung habe, ihm heute ein weiteres Mal zu widerstehen. An dem Samstag war es mir wichtig, mich an unsere Abmachung zu halten und nicht einzuknicken. Aber heute? Es gibt keine Abmachung mehr und ich wollte selten einen Menschen so sehr wie Lucas jetzt gerade. Sein Gesicht kommt meinem immer näher, bis ich die vertraute Wärme seines Körpers noch intensiver spüre. Er legt seine Lippen auf meine und es ist, als würde ein Feuerwerk in meiner Brust explodieren. Die Intensität ist kaum auszuhalten und meine Lippen öffnen sich wie von selbst, um seine Zunge hereinzulassen. Der Kuss wird immer schneller und fordernder, genau wie unsere Hände. Bis wir schließlich nur noch unsere Unterwäsche anhaben. Lucas liegt mittlerweile auf mir. Seine nackte Haut fühlt sich so verdammt gut an. Er holt immer wieder kurz Atem, um auf mich herabzublicken. Ich bin froh, dass ich trotz seines unerwarteten Besuchs eine anständige und zumindest farblich abgestimmte Unterwäsche trage. Das kommt bei mir nicht sonderlich oft vor, da sie ohnehin niemand zu sehen bekommt.

Zu merken, wie sehr ich ihm gefalle, turnt mich an. Wenn Blicke mit einem Sex haben könnten, dann hätten seine es mit mir gerade definitiv.

Ihn so halbnackt nur in Boxershorts bekleidet auf mir liegen zu sehen, raubt mir den Atem. Seine Finger finden den Weg in meinen Slip. Ich stöhne laut auf und hebe ihm mein Becken entgegen. Ich begehre ihn so sehr, bin heute aber nicht bereit, ihn in mich hineinzulassen. Irgendetwas sagt mir, dass es danach kein Zurück mehr geben wird und dass ich endgültig meinen eigenen Willen verlieren werde. Ich bin ihm jetzt schon verfallen, wie muss es dann erst sein, nachdem ich mit ihm Sex hatte. Ich will Lucas nicht verfallen. Ich habe zu große Angst, verletzt zu werden. Außerdem hatte ich erst mit einem Typen in meinem Leben Sex. Und selbst dieser ist gefühlt eine Ewigkeit her. Ich fühle mich heute nicht angemessen genug auf diesen besonderen Moment vorbereitet.

»Es ist alles erlaubt, außer Sex.« Meine Stimme zittert und mein Atem geht schwer. Ich weiß zwar selbst nicht, welchen Unterschied es macht, ob er mich nur überall berührt oder auch noch in mir ist. Aber ich glaube, für mehr Nähe bin ich heute einfach nicht bereit. Ich hatte in letzter Zeit so gut wie gar keine körperliche Nähe. Sex würde meinen Körper und meine Gefühle jetzt einfach überfordern. Lucas hebt seinen Kopf und sieht mich mit einem so intensiven Blick an, dass ich mich fast nicht mehr beherrschen kann. Seine Finger beginnen mich zu massieren, bis ich am ganzen Körper zittere.

Ich lasse meine Hand in seine Boxershort wandern, um ihn in Ekstase zu bringen. Sein Stöhnen erregt mich bis ins Unermessliche. Jetzt weiß ich endlich, wie sich seine Stimme anhört, wenn sie nicht gerade mit Smalltalk beschäftigt ist. Das ist das Erotischste, was ich je gehört habe.

Ich weiß nicht, wie lange wir uns noch geküsst haben, aber irgendwann konnte ich gar nicht mehr zwischen seinen und meinen Lippen unterscheiden. Es muss Stunden gedauert haben, bis wir irgendwann vor Erschöpfung Arm in Arm auf meiner Couch eingeschlafen sind.

Lucas

Montag, 2. Juli

Dass mein Geburtstag so endet, hätte ich nicht erwartet. So beschissen er auch begonnen hat, er war trotzdem einer der schönsten meines Lebens und das, obwohl Julie gar nichts davon wusste. Oder vielleicht auch gerade deswegen. Es war der schönste und intensivste Nicht-Sex, den ich je hatte. Wahrscheinlich hatte ich so etwas das letzte Mal, als ich sechzehn war. Normalerweise gehe ich immer sofort zur Sache. Aber ich habe gemerkt, dass sich Julie dabei gestern nicht wohlgefühlt hätte. Also habe ich gar nicht erst versucht, sie zu überreden. Und so gerne ich Sex habe, mag ich nur Sex, bei dem sich beide Parteien zu 100 % wohlfühlen.

Ich bin jetzt schon seit zwanzig Minuten wach und kann gar nicht aufhören, Julie beim Schlafen zu beobachten. Ihr Gesicht ist zu mir gedreht und ich spüre ihren leisen Atem auf meiner Haut. Sie sieht so verdammt süß aus.

Ich liebe ihre Sommersprossen. Sie sind über das ganze Gesicht verteilt und ich habe noch nie etwas so Schönes gesehen. Ich angle mit meiner linken Hand mein Handy, welches ein Stückchen weiter weg auf der Couch liegt. Es muss gestern aus meiner Hosentasche gefallen sein. Als ich auf den Bildschirm schaue, trifft mich sofort wieder die Realität. Mir fällt auf, dass ich den ganzen gestrigen Abend nicht mehr an die Vorkommnisse mit meiner Mutter gedacht habe. Aber jetzt sehe ich sechs verpasste Anrufe von ihr und vier von meiner Schwester. Ich weiß nicht, wie lange ich ihnen noch aus dem Weg gehen kann, bevor sie vor meiner Tür stehen. Sie waren zwar noch nie bei mir und wissen auch die genaue Adresse nicht, aber durch meine Firma ist diese nicht sonderlich schwer herauszufinden. Ich finde es selbst verwunderlich, dass ich es geschafft habe, über ein Jahr in meinem Loft zu wohnen, ohne meine Familie auch nur ein einziges Mal zu mir einzuladen. Das zeigt mal wieder, wie verkorkst unser Verhältnis in Wahrheit ist.

Vielleicht sind Julie und ich ja doch nicht so unterschiedlich wie anfangs vermutet. Immerhin scheinen unsere Mütter beide feige, selbstsüchtige Schlampen gewesen zu sein, die uns im Stich gelassen haben. Nur, dass ich mich an meine nicht mal mehr erinnern kann, weshalb ich mich weigern werde, sie je wieder als meine Mutter zu bezeichnen.

In dem Moment, in dem ich zu Julie herunterschaue, merke ich, dass sie die Augen offen hat und mich ansieht.

»Wie lange beobachtest du mich schon?«, frage ich verlegen.

»Du warst so in Gedanken vertieft, ich wollte dich nicht stören.« Wenn sie nur wüsste, welche Gedanken das waren. Dass ich seit kurzer Zeit auch mit traurigen und düsteren Gedanken zu kämpfen habe. Ich bin heute noch nicht bereit, mit ihr darüber zu reden. Ich muss selbst erst mal mit dieser Realität klarkommen. Außerdem hat Julie genug eigene Probleme, da will ich sie nicht auch noch mit meinen belasten. Dieses Gespräch würde nicht gerade unter "unbeschwert" fallen. Und schließlich hat sie sich nur deswegen überhaupt auf mich eingelassen. Um Spaß zu haben. Ernste Gespräche hatte sie wahrscheinlich genug mit ihrem Ex. Mit mir will sie lachen und eine lockere Zeit verbringen.

»Ich muss langsam los. Es war nicht geplant, heute hier zu schlafen und ich habe noch eine Menge Arbeit zu erledigen«, sage ich und beginne, meine Klamotten zusammenzusuchen, um mich wieder anzuziehen. Julies Blick ist irgendwie seltsam. Eine Mischung aus Ungewissheit und Enttäuschung. Ich hätte sie nicht als eine Frau eingeschätzt, die nach einer gemeinsamen Nacht gleich erwartet, dass man den ganzen Tag miteinander verbringt.

Da fällt mir ein, was für ein Idiot ich das letzte Mal in der Trampolinhalle war.

»Die Nacht mit dir war wirklich schön, Julie. Aber es ist Montag, da habe ich immer am meisten zu tun.« Ich merke, wie ihr Blick langsam wieder fröhlicher und gelassener wird. »Hast du Lust am Freitag ein Date mit mir zu haben?«, frage ich schnell.

»Ein richtiges Date? Würde dich das nicht einengen oder zu viel *Stress* für dich bedeuten?«

Wie Julie das Wort Stress ausspricht, gefällt mir ganz und gar nicht, aber ich habe es wohl nicht anders verdient. Auch wenn wir nicht über den Vorfall in der

Trampolinhalle gesprochen haben, ist er nicht einfach so vergessen. Es wird eine Weile dauern, bis sich Julie bei mir wieder richtig fallen lassen kann. In ihrem Blick ist ein herausforderndes Funkeln. Fast so, als würde sie erwarten, dass ich gleich wieder einen Rückzieher mache. Aber das wird nicht passieren, dieses Mal nicht.

»Eher im Gegenteil«, sage ich, während ich vor der Couch auf die Knie gehe.

»Würdest du, Julie Maier mir, Lucas Jones die Ehre erweisen, mich am Freitagabend auf ein atemberaubendes Date zu begleiten?« Die Theatralik in meiner Stimme bringt mich fast selbst zum Lachen, aber Julie scheint es zu gefallen. Ihr Grinsen ist so breit, dass es schon fast ihre Ohren erreicht.

»Sehr gerne, Herr Jones«, erwidert sie mindestens genauso übertrieben. »Aber verraten Sie mir zuvor bitte noch, woher Sie meinen Nachnamen kennen?«

Oh, stimmt, über unseren Nachnamen haben wir bis jetzt noch gar nicht gesprochen, aber ich war immerhin schon drei Mal in ihrer Wohnung. »Wer Klingelschilder lesen kann, ist klar im Vorteil«, ich zwinkere und gebe ihr schnell einen Kuss auf die Wange.

***

Zu Hause angekommen fällt es mir schwer, mich auf die Arbeit zu konzentrieren. Zum einen, weil mir Julie nicht mehr aus dem Kopf geht und zum anderen, weil ich mich frage, ob ich je fähig sein werde, wieder ein normales Wort mit meiner "Familie" zu wechseln.

Ich schaue auf mein Handy und sehe eine SMS-Nachricht von meinem Vater, weigere mich aber, sie zu lesen. Sie sollen nicht glauben, dass wegen ein paar verpassten Anrufen und Nachrichten alles wieder in Ordnung kommt. Wahrscheinlich wird nie wieder etwas zwischen uns in Ordnung sein.

Plötzlich kommt mir ein Gedanke, den ich eigentlich schon am Sonntag hätte haben sollen. Ein Gedanke, den ich lieber verdrängen würde.

Wenn Susanne nicht meine leibliche Mutter ist, dann ist David auch bestimmt nicht mein leiblicher Vater. *Wie blöd kann man eigentlich sein, Lucas? Warum fällt dir dieser Gedanke erst heute ein?*

Verdammt, vielleicht lebt mein richtiger Vater ja noch und ich habe keinen blassen Schimmer, wo. Aber sollte er noch leben, dann hat er mich genauso im Stich gelassen. Was bedeuten würde, dass ich mit ihm nichts zu tun haben will.

Wie gerne würde ich Susanne oder David jetzt fragen, aber ich bin noch nicht bereit, ihnen gegenüberzutreten. Das muss noch warten.

Soll ich Laura anrufen? Sie scheint ja über alles, was mich betrifft, bestens informiert zu sein. Nein, auch auf Laura habe ich gerade keine Lust. Wobei sie wahrscheinlich am wenigsten für die ganzen Lügen kann. Meine Eltern haben sie sicher dazu gezwungen, mir jahrelang etwas vorzuspielen. Ich glaube kaum, dass sie es gerne vor mir geheim gehalten hat.

Das wird eine lange Woche. Aber ich hoffe, dass mich meine Arbeit zumindest etwas ablenkt.

Julie

Donnerstag, 5. Juli

Die Woche vergeht so verdammt langsam. Wie lange können sich vier Tage bitte anfühlen? Als ich noch dachte, dass Lucas kein Interesse an mir hat, war es deutlich leichter. Da habe ich es mir nicht wirklich erlaubt, ihn zu vermissen.

Aber seit er mich für morgen auf ein Date eingeladen hat, kann ich an nichts anderes mehr denken. Warum habe ich nur dieses verdammte Video gelöscht? Wenn ich es noch hätte, dann könnte ich mich zumindest damit begnügen, bis ich ihn wiedersehe. Aber so habe ich nicht mal ein richtiges Foto von ihm.

Ich habe die ersten beiden Tage durchgehend auf mein Handy gestarrt und darauf gewartet, dass er sich bei mir meldet, bis mir aufgefallen ist, dass wir immer noch keine Nummern ausgetauscht haben.

Ist das normalerweise nicht das Erste, wonach man als Frau gefragt wird? Es wäre doch schön, wenn man zwischen den Treffen schreiben oder telefonieren könnte. Ich bin mir ziemlich sicher, dass Lucas kein Bedürfnis nach süßen Nachrichten und langen Telefonaten hat. Ich fände es aber schön, hin und wieder etwas voneinander zu hören.

Ich habe schon versucht, ihn auf Instagram zu stalken. Er hat nur ein Firmenprofil, welches nichts über sein Privatleben verrät. Da sind auch keine hübschen Beach-Selfies zu finden. Leider.

Lucas ist nicht wie andere Männer. Ich kann es selbst nicht beschreiben, aber irgendwie kommt es mir so vor, als hätte er in seinem Leben gar keine festen Beziehungen. Nicht nur zu Frauen, sondern zu niemanden. So offen und lustig er auf einen wirkt, so verschlossen ist er, wenn es um seine Familie oder um ernste Gespräche geht. Auch sein Privatleben scheint er nicht gerne mit anderen zu teilen. Nicht dass ich es nicht genießen würde, zur Abwechslung mal nicht über ernste Themen zu reden. Ich will ja sowieso nur eine lockere Geschichte zwischen uns. Aber irgendetwas sagt mir, dass hinter seiner lustigen Fassade mehr steckt. Und ich würde gerne herausfinden, was es ist.

Es macht mir Angst, dass dieser Typ so undurchschaubar ist. Nichts an ihm lässt in sein Innerstes sehen. Ich war in seinem Loft und da ist nicht mal ein Foto zu finden. Ich war auf seinem Instagram-Profil und auch da lässt sich nichts aus seinem Privatleben herauslesen. Er ist wie ein verschlossenes Buch, das nicht geöffnet werden möchte. Oder nicht geöffnet werden darf.

***

Heute habe ich das erste Mal seit Langem wieder Lust, shoppen zu gehen. Früher habe ich es geliebt, stundenlang durch Läden zu bummeln und mich inspirieren zu lassen. Hätte man Clara und mich bis vor ein paar Jahren gefragt, was unser größtes Hobby ist, wäre es ganz klar Shoppen gewesen. Aber in letzter Zeit waren wir fast gar nicht mehr unterwegs. Ich hätte für morgen gerne ein neues Outfit. Nicht um Lucas zu beeindrucken, sondern einfach nur, um mich schön und selbstbewusst zu fühlen.

Mein halber Kleiderschrank passt mir entweder nicht oder die Sachen gefallen mir einfach nicht mehr. Ich habe schon länger nichts Schönes mehr gefunden.

***

Es ist zwar nicht sonderlich überraschend, aber ich war schon in mehreren Geschäften und mich hat nichts angesprochen.

Ich weiß auch nicht, was mit der Mode heutzutage los ist. Ich finde einfach nichts mehr, was mir gefällt. Die T-Shirts erinnern mittlerweile eher an einen BH, als dass man sie überhaupt noch als Bekleidung einstufen könnte. Gibt es auch irgendwo noch Klamotten für Menschen, die ihren Bauch nicht den ganzen Tag der gesamten Menschheit präsentieren wollen? Und wo kaufen Menschen mit größeren Größen überhaupt noch ein?

Ich würde mich selbst eher als schlank bezeichnen und doch muss ich bei den Schnitten mittlerweile fast eine L nehmen, damit ich komplett bekleidet bin.

Als ich gerade aus dem fünften Geschäft herauskomme, erstarre ich vor Schreck. Ich traue meinen Augen kaum und hoffe, dass es sich nur um eine Fata Morgana handelt. Aber das tut es nicht. Leider. Er ist real.

Da steht Nate mitten im Gang und läuft in meine Richtung.

Gibt es irgendeinen Ausweg? Soll ich schnell wieder ins Geschäft zurücklaufen? Ich könnte so tun, als würde ich ihn gar nicht sehen.

Nein. Wenn er mich doch schon bemerkt hat, wäre das mehr als peinlich. Ich bin schließlich erwachsen und durchaus fähig, meinem Halb-Ex-Freund unter die Augen zu treten.

Ich nehme all meinen Mut zusammen, straffe meine Schultern und gehe selbstbewusst auf ihn zu. Zumindest so selbstbewusst es geht, wenn man gerade beim Outfitshoppen für ein Date mit einem anderen ist.

»Hi«, presse ich hervor. Meine Stimme zittert und meine Knie werden weich. Wieso muss ich ihm ausgerechnet heute über den Weg laufen? Ich war so gut gelaunt und jetzt stürzen all meine positiven Gefühle in einem Knall in sich zusammen, inklusive der Vorfreude auf mein morgiges Date. Nate scheint mich wirklich erst in dem Moment zu bemerken, indem er meine Stimme hört. Er wirkt fast erschrocken, als er mich ansieht. Irgendetwas an ihm ist anders. Sein Blick ist nicht mehr ganz so traurig wie noch vor drei Monaten und seine Ausstrahlung wirkt etwas positiver. Vielleicht kommt mir das aber auch nur so vor, weil ich nicht mehr jeden Tag mit seiner Traurigkeit konfrontiert werde. Es ist ein komisches Gefühl, nicht zu wissen, was in seinem Leben in letzter Zeit so passiert ist. Wir haben sieben Jahre lang jeden einzelnen Tag unseres Lebens gemeinsam verbracht.

Ich habe fast vergessen, wie schön Nate ist. Seine braunen Haare trägt er wie immer in einem gepflegten Kurzhaarschnitt. Er trägt eine dunkle Jeans und ein türkisfarbenes T-Shirt, das seine Augen zum Strahlen bringt. Seine grünen Augen haben fast die gleiche Farbe wie meine.

Wir haben uns früher manchmal darüber lustig gemacht, dass uns die Leute wohl eher für Geschwister halten als für ein Paar. Wir sind beide ziemlich ähnliche

Typen. Hellbraunes Haar, Sommersprossen und grüne Augen. Nur bei der Körpergröße unterscheiden wir uns. Ansonsten könnten wir wirklich fast Zwillinge sein.

»Hey«, sagt er und wippt nervös mit seinem rechten Fuß hin und her. Er wirkt wie versteinert und kein bisschen froh darüber, mich zu sehen.

Keiner von uns beiden weiß, wie er mit der Situation umgehen soll. Mir war selten etwas in meinem Leben so unangenehm wie dieser Moment. Ich war wahrscheinlich noch nie so sprachlos. Normalerweise fehlt es mir nie an taffen Aussagen. Aber jetzt? Mein Kopf ist leer und meine Kehle ist trocken. Ich würde nicht mal sprechen können, selbst wenn mir die richtigen Worte einfallen würden.

»Ich hoffe, es geht dir gut, Julie. Aber um ehrlich zu sein, weiß ich nicht, was ich gerade zu dir sagen soll. Deshalb gehe ich jetzt lieber.«

Gesagt, getan. Bevor ich auch nur die Chance habe, irgendwas darauf zu antworten, ist Nate schon fast aus meiner Sichtweite. Er ist nicht nur davongelaufen, er ist gesprintet, um nicht mehr in meiner Nähe sein zu müssen.

Ich stehe immer noch wie angewurzelt da und kann kaum fassen, dass er mich hier mitten im Gang einfach so stehen lässt. Als wären wir Fremde und nicht zwei Menschen, die sieben Jahre ihres Lebens gemeinsam verbracht haben. Mir ist schon klar, dass wir ausgemacht haben, ein halbes Jahr ohneeinander zu leben. Aber man kann doch wohl kurz ein paar Worte miteinander wechseln, wenn man sich zufällig begegnet, oder? Interessiert ihn etwa nicht, wie es mir geht oder was ich so mache?

Die Lust auf Shoppen ist mir nun endgültig vergangen. Ich schaffe es gerade noch so in mein Auto, bevor die Tränen aus mir herausbrechen. Es ist der erste Heulanfall, seit Nate und ich im Auto miteinander geredet haben. Lustig, dass mir diese Situation näher zu gehen scheint als das Schlussmachgespräch im Auto.

Ich kann immer noch nicht fassen, dass Nate mich einfach so stehen lassen hat. Hat er mich etwa schon vergessen? Ist es für ihn schon zu 100 % entschieden, dass wir nie mehr zusammenkommen?

Bei diesem Gedanken zieht sich so ziemlich alles in mir zusammen. Ja, wir hatten schlechte Zeiten. Aber wir hatten auch viele gute Zeiten. Er ist mein bester Freund und wir konnten uns immer all unsere Geheimnisse erzählen. Ich kann mir ein Leben ohne seine Ratschläge nur schwer vorstellen. Vielleicht ist es aber gar nicht die Situation, die mich so verletzt. Ich glaube, es ist eher der Gedanke, dass er ohne mich glücklicher sein könnte als mit mir und das setzt mir zu. Ich habe jeden Tag alles versucht, um ihn fröhlich zu sehen und doch hat er heute auf mich so glücklich gewirkt wie schon lange nicht mehr. Ich habe so viel in diese Beziehung investiert und doch haben wir uns immer weiter voneinander entfernt.

Obwohl auch ich, wenn ich ganz ehrlich bin, in den letzten drei Monaten wahrscheinlich mehr glückliche Momente hatte als in den letzten drei Jahren zusammen. Und dennoch fällt es mir schwer, das einfach so hinzunehmen. Immerhin war ich davon überzeugt, dass Nate ohne mich in ein tiefes Loch stürzen würde. Mit dem Gegenteil hätte ich nie im Leben gerechnet.

Was soll ich jetzt nur machen? Dass mir ein Treffen mit Nate so nahe geht, zeigt wohl, dass ich mein morgiges Date besser absagen sollte. Ich bin anscheinend noch nicht bereit, mich mit einem anderen Typen zu vergnügen.

Aber ich habe ja nicht mal Lucas' Telefonnummer, um ihm abzusagen. Ich entschließe mich kurzerhand, bei ihm vorbeizufahren und ihm zu sagen, dass ich für ein Date noch nicht bereit bin. Ihm wird das sicher nicht sonderlich viel ausmachen. Er hat sowieso keine Lust auf etwas Festes und Sex kann er sich auch bei einer anderen holen. Bei einer, die nicht noch an ihrem Halb-Ex hängt und nicht damit klarkommt, dass seine Welt sich auch ohne sie weiterdreht. Dass er auch ohne sie glücklich sein könnte.

***

Bei Lucas' Haus angekommen, ist meine vorherige Überzeugung wie weggeblasen. Ich stehe vor seiner Garage und sehe ihn durch seine große Glasfront am Schreibtisch sitzen. Seine blonden Locken stehen wie immer wirr von seinem Kopf und er wirkt sehr konzentriert. Wie gerne wäre ich jetzt dieser Computer, auf dem er gerade herumtippt.

Mein Körper hat sofort wieder dieses wohlige Kribbeln und es breitet sich eine Wärme in mir aus. Meine Traurigkeit ist wie weggeblasen. Ich könnte stundenlang hier sitzen und ihm einfach nur beim Arbeiten zusehen.

Wenn der Anblick eines Menschen eine solche Wirkung auf einen hat, dann sollte man das nicht wegen eines Moments des Zweifels wegwerfen, oder?

Ich entschließe mich, nach Hause zu fahren, einen Liebesfilm zu schauen und mich mit Eis vollzustopfen. Die Entscheidung, ob ich ein Date mit Lucas haben möchte oder nicht, kann ich auch bis morgen Abend aufschieben. Wenn ich mich nicht bereit fühle, sage ich ihm das einfach, sobald er vor meiner Tür steht. Er ist selbst schuld, wenn er mir seine Telefonnummer nicht gibt.

Lucas

Freitag, 6. Juli

Ich war schon lange nicht mehr so aufgeregt. Wahrscheinlich war ich noch nie so aufgeregt in meinem Leben. Ich weiß auch nicht, was Julie mit mir macht. Sie ist die Erste, die mich dazu bringt, eine Frau zu einem echten Date einzuladen. Ein RICHTIGES Date. Mit all den anderen Frauen habe ich die Zeit immer nur zu Hause in der Wohnung verbracht und darauf gehofft, dass sie so schnell wie möglich mit mir Sex haben. Jede von ihnen hatte bereits in der ersten Nacht Sex mit mir. Vielleicht habe ich auch deswegen immer so schnell das Interesse an ihnen verloren. Mit Julie ist es anders. Selbst die Zeit im Trampolinpark übertraf bereits jegliche Zeit, die ich in meinem früheren Leben mit einer Frau außerhalb des Schlafzimmers verbracht habe. Und das, obwohl ich sie erst seit einem Monat kenne und wir noch nie miteinander geschlafen haben. Das ist ein neuer Rekord meinerseits. Ich hätte aber auch nichts dagegen, wenn dieser heute beendet werden würde. Julie ist eine verdammt attraktive Frau und ich weiß nicht, ob ich mich noch lange zurückhalten kann. Julies Blicken nach zu urteilen, findet sie mich auch sehr anziehend. Sie wird es wahrscheinlich selbst nicht mehr lange aushalten. Immerhin haben wir ja keine Abmachung mehr, warum sollte sie also nicht einfach Sex mit mir haben? Ab Oktober ist sie wieder in einer Beziehung und wird wahrscheinlich den Rest ihres Lebens mit dem gleichen Mann verbringen. Da kann ein wenig Abwechslung doch nicht schaden.

Ich habe lange überlegt, wohin ich Julie heute einladen könnte. Es erschien mir aber zu langweilig, sie einfach nur zum Essen auszuführen. Ich habe keine Lust, schick angezogen in einem Restaurant herumzusitzen und Smalltalk zu führen. Das passt irgendwie nicht zu uns. Ich kann mir selbst nicht erklären, wo diese romantische Ader auf einmal herkommt, aber Julie scheint sie zum Leben erweckt zu haben.

***

Vor Julies Haus angekommen, ist die Nervosität fast nicht mehr auszuhalten. Ich fühle mich, als wäre ich sechzehn und kurz vor meinem ersten Mal.

Kaum habe ich geklingelt, öffnet sich auch schon die Tür. Fast so, als hätte Julie schon dort auf mich gewartet.

Ihr Anblick raubt mir den Atem. Sie sieht so verdammt gut aus. Es gefällt mir, dass sie sich nicht extrem aufgestylt hat. Sie trägt eine Jeans und ein Shirt mit Rüschchen. Ihr Ausschnitt ist nicht zu viel, aber auch nicht zu wenig. Es wird mir wahrscheinlich schwerfallen, meinen Blick heute Abend anderswohin zu richten.

Ihre Haare trägt sie wie immer offen und gewellt.

»Ich wusste nicht, wo es heute hingeht. Ich hoffe, ich bin nicht zu underdressed.« Julie kann gar nicht underdressed sein. Ich bin mir ziemlich sicher, dass sogar ein Kartoffelsack an ihr verdammt gut aussehen würde.

»Du siehst wunderschön aus, Julie. Um genau zu sein, perfekt.« Ich merke, wie sich wieder dieses dämliche Grinsen auf meinem Gesicht ausbreitet, welches ich immer habe, sobald ich Julie ansehe. »Nimm bitte vorsichtshalber eine Jacke mit, falls es später etwas kühler wird.«

Julie fragt nicht mal, wohin es geht. Das mag ich an ihr. Sie ist spontan und unkompliziert.

***

Zu meiner ausgewählten Location ist die Fahrzeit circa eine Stunde, denn bei uns in der Nähe gibt es so etwas leider nicht. Und ehrlich gesagt genieße ich die Zeit, die ich mit Julie im Auto verbringe, sehr.

Wir hören schon die ganze Fahrt Musik und singen laut mit. Julie wählt ständig Songs aus, die in unserer Jugend sehr bekannt waren. Es freut mich, dass wir so entspannt miteinander umgehen können. Den meisten wäre es peinlich, neben einem Typen, den man noch nicht lange kennt, laut zu singen. Aber nicht Julie. Ihr scheint es generell egal zu sein, was andere von ihr denken. Sie schert sich auch nicht um irgendwelche Klischees, nach denen der Mann den ersten Schritt machen muss.

Sie hat kurz nach dem Einsteigen einfach meine Hand genommen und sie seitdem nicht mehr losgelassen.

Gut, dass ich Automatik fahre. So musste ich meine Hand die komplette Stunde nicht aus ihrer lösen.

Für mich ist das eine Premiere. Ich habe noch nie mit einer Frau Händchen gehalten, weil ich den Sinn darin einfach nicht verstanden habe.

Als Kind musste ich meiner Mutter immer die Hand geben, wenn sie irgendeine Straße für zu gefährlich hielt. Ich habe das nie gemocht und mich immer kontrolliert und eingeengt gefühlt.

Deshalb hatte ich auch als Erwachsener noch nie das Bedürfnis, mit einer Frau Händchen zu halten. Und da die meisten Frauen immer darauf warten, dass der Mann den ersten Schritt macht, ist es bis jetzt auch noch nie dazu gekommen.

Ich bin froh, dass Julie meine Hand einfach so genommen hat. Es ist ein schönes Gefühl, ihre warme Haut so lange auf meiner zu spüren. Körperkontakt ohne Sex ist mir fremd. Aber diese Art von Kontakt erweckt in mir das Bedürfnis nach mehr.

***

Ich sehe Julies Blick an, dass sie überrascht ist. Wir stehen vor einem Sessellift, welcher in ein Ski- oder Wandergebiet hinaufführt. Da wir selbst in einem Tal leben, hätte es bei uns in der Nähe genügend Lifte gegeben. Ich weiß schon, was sie sagen wird, bevor sie es überhaupt ausgesprochen hat.

»Du weißt, dass wir nur zehn Minuten vom nächsten Skigebiet entfernt wohnen, oder?«, fragt Julie mich verblüfft.

»Ja das weiß ich. Aber bei uns gibt es nicht das da.« Ich zeige mit meinem Finger auf die Sommerrodelbahn, die sich direkt neben uns befindet. Ich habe es als Kind früher immer geliebt, da hinunterzufahren. Es ist wie eine Achterbahn, nur dass man als Bonus auch noch einen der schönsten Ausblicke der Welt vor sich hat. Den Berg hinunterzurasen ist ein befreiendes Gefühl. Das liebe ich auch beim Skifahren. Aber bei dieser Sommerrodelbahn ist das Beste, dass man nichts machen muss. Normalerweise mache ich nie nichts. Nur Musik schafft es, mich zur Ruhe zu bringen. Aber hier genieße ich es. Man sitzt einfach nur da, lebt im Moment, spürt den Wind, der einem um die Ohren saust und schaut dabei auf die Stadt hinunter. Ohne an etwas anderes denken zu müssen. Ohne sich Gedanken über die Arbeit zu machen. Man lebt einfach nur im Moment.

»Aber Lucas, die hat schon geschlossen. Sommerrodelbahnen fahren nur untertags«, versucht mir Julie zu erklären. Dabei müsste sie es doch mittlerweile besser wissen. Glaubt sie ernsthaft, dass ich unvorbereitet auf ein Date gehe?

»Normalerweise hat sie geschlossen, ja. Heute nicht!«, erwidere ich und kann mir ein stolzes Grinsen nicht verkneifen.

»Du hast jetzt aber nicht ernsthaft die Sommerrodelbahn für uns gemietet, oder? Wenn du so weitermachst, werde ich bei jeder zukünftigen Essenseinladung enttäuscht sein, selbst wenn mich jemand in ein Haubenlokal ausführt.« Sie versucht so ernst wie möglich auszusehen, kann ihr Lächeln aber kaum verstecken.

»Dann werde ich wohl dafür sorgen müssen, dass es nie zu einer stinknormalen Essenseinladung *von irgendjemandem* kommt.« Ich zwinkere ihr zu und nehme die Decke und den Korb aus dem Kofferraum, welche ich zum Picknicken mitgenommen habe.

Ich hoffe, sie hat mir meinen kleinen Eifersuchtsanfall gerade nicht angemerkt.

Warum habe ich überhaupt ein Gefühl von Eifersucht in mir, wenn sie von einer einfachen Essenseinladung spricht? Es wird nicht mehr lange dauern und sie isst wieder jeden Tag mit einem anderen.

Am Berg angekommen, breite ich die Picknickdecke aus und hole die mitgebrachten Speisen aus dem Korb. Ich habe mir sehr viel Mühe bei der Zubereitung gegeben. Kochen ist zwar nicht meine größte Leidenschaft, aber ich mache es gerne. Ich liebe gutes Essen und wenn man es selbst zubereitet, weiß man wenigstens was einen erwartet. Es gibt belegte Brötchen, diverse Salate, Pizzaschnecken, Tomate-Mozzarella-Stangen, verschiedene Obst- und Gemüsesorten, Wein und Champagner. Ich stelle alles hübsch angeordnet auf der Picknickdecke auf, damit wir uns wie an einem Buffet bedienen können. Julie bemerkt nicht einmal, dass ich gerade das Essen auspacke. Sie ist direkt, nachdem wir aus dem Lift ausgestiegen sind, zur Sommerrodelbahn gestürmt. Sie wartet schon ganz ungeduldig in ihrem Wagen darauf, dass ich endlich komme. Ich laufe ihr schnell hinterher und setze mich gerade in den Wagen hinter sie, als sie auch schon losfährt. Ihr Lachen und ihr Geschrei bestätigen mir, dass es die richtige Entscheidung war, nicht einfach nur ins Restaurant zu gehen. Ich hatte schon Angst, dass ihr meine Date-Ideen langsam zu kindisch werden, aber sie scheint genau das an mir zu mögen. Wir scheinen generell auf einer Wellenlänge zu sein. So viel Spaß wie mit Julie hatte ich noch nie mit einem Menschen. Schließlich haben wir auch schon einen ganzen Abend nur mit lustigen Spielen verbracht. Ich mag es, wenn Menschen sich selbst nicht so ernst nehmen und man einfach Spaß miteinander haben kann. Nach drei Runden beschließe ich, dass ich lieber bei ihr im Wagen sitze, anstatt dauernd nur hinter ihr herzufahren. Mit meinen langen Beinen gestaltet sich das als schwieriger als gedacht. Diese Wägen sind eher auf einen Erwachsenen mit Kind ausgelegt und nicht auf zwei Erwachsene, von denen einer fast zwei Meter groß ist. Doch so kompliziert der Einstieg auch war, es hat sich definitiv gelohnt. Julie lehnt schon die ganze Fahrt über mit ihrem Kopf an meiner Brust. Hoffentlich merkt sie nicht, wie schnell mein Herz schlägt, wenn ich in ihrer Nähe bin. Wahrscheinlich ist es aber unmöglich, dieses Pochen zu überhören. Ich streiche ihr mit beiden Händen über die Arme und spüre, wie sie eine leichte Gänsehaut bekommt und sich ihre Härchen aufstellen. Es ist großartig zu sehen, dass meine Berührungen bei ihr denselben Effekt haben wie ihre bei mir.

»Es ist schön, Zeit mit dir zu verbringen. Ich fühle mich frei und kein bisschen eingeengt«, hauche ich ihr ins Ohr.

Julie dreht ihren Kopf zu mir und legt sanft ihre Lippen auf meine. So verharren wir die komplette restliche Fahrt. Ihre Lippen auf meinen. Eines der schönsten Gefühle überhaupt. Es erstaunt mich selbst, dass ich dieses Mal nicht das Bedürfnis habe, einen Rückzieher zu machen. Ich genieße einfach nur den Moment und könnte mir keinen Menschen vorstellen, mit dem ich meine Zeit gerade lieber verbringen würde.

Wieder oben angekommen schaffe ich es endlich,

Julie zu unserem Picknick zu überreden. Ich sterbe fast vor Hunger und die Sonne geht bestimmt auch bald unter. Es ist zwar Juli, aber im Dunkeln auf dem Berg wird es bestimmt bald kühl.

Nach dem Essen sitzen wir eine ganze Weile einfach nur da und genießen das Farbenspiel des Sonnenuntergangs. Hier oben am Berg wirken all die alltäglichen Dinge fast belanglos. So, als wären sie zu klein, um überhaupt wahrgenommen zu werden. Auch die Farben des Sonnenuntergangs wirken viel intensiver als im Tal. Hier oben gibt es nichts, was einen von ihnen ablenkt. Keine Motorengeräusche, keine fremden Menschen und keine Häuser, die einem den Blick versperren. Einfach nur die Unendlichkeit des Himmels und die Geräusche der Natur.

»Danke für die ausgefallensten und lustigsten Dates meines Lebens«, sagt Julie und lehnt ihren Kopf gegen meine Schulter. Ich freue mich, dass sie auch so sehr Spaß daran hat wie ich.

»Wie wäre es mit einer Runde Wahrheit oder Pflicht?«, frage ich und lege mich auf die Picknickdecke zurück.

Julie legt sich neben mich. Wir berühren uns nur an

den Händen, wie wir es bereits im Auto getan haben. Ich fange an, dieses Gefühl zu lieben. Unsere Blicke sind zum Himmel gerichtet, was uns einen unglaublichen Ausblick beschert. Der Himmel ist heute so klar, dass weit und breit keine einzige Wolke zu sehen ist.

»Okay. Aber nur wenn du dieses Mal Wahrheit nimmst«, sagt sie schließlich.

»Was möchtest du wissen?« Ich glaube, ich bin langsam bereit, auch private Fragen über mich zu beantworten. Julie gibt mir das Gefühl, gut zu sein, so wie ich bin.

»Wieso redest du nie über deine Familie oder andere Menschen, die dir wichtig sind?« Es war klar, dass es auf dieses Thema hinausläuft. Eine Woche nachdem ich erfahren habe, dass meine ganze Realität eine Lüge ist.

»Bis letzte Woche gab es in diesem Bereich nie etwas Spannendes zu erzählen.« Mir wird bewusst, dass ich das gerade so formuliert habe, dass jetzt sicherlich eine weitere Frage folgt. Vielleicht will ich ja zum ersten Mal in meinem Leben sogar über meine Gefühle und Gedanken sprechen. Julie ist der erste Mensch, bei dem ich das Bedürfnis habe, mich zu öffnen.

»Und was hat sich seit letzter Woche geändert?«

Ich drehe meinen Kopf in Julies Richtung, bis ich ihr seitlich zugeneigt liege. Irgendwie habe ich das Bedürfnis, sie anzusehen, während ich weiterrede.

»Puh, so einiges. Ich habe letzten Sonntag, bevor ich bei dir war, erfahren, dass meine Mutter eigentlich meine Tante ist. Meine leibliche Mutter hat sich anscheinend umgebracht, als ich acht war, und ich habe sie gefunden. Ich kann mich aber an nichts davon erinnern.«

Julie wendet mir nun auch ihren Blick zu und ich kann den Schock darin erkennen. Sie drückt meine Hand noch etwas fester.

»Was… ich, ich weiß nicht, was ich sagen soll. Das tut mir sehr leid, Lucas. Aber wie ist es möglich, dass du dich an nichts erinnern kannst?«

Wenn ich das nur wüsste. Mir kommt es fast so vor, als hätten sie mir das Gehirn gewaschen und meine Erinnerungen ausgelöscht.

»Laut meiner Mum muss mich der Anblick so schockiert haben, dass mein Gehirn reagiert hat und eine Art Schutzmechanismus in Gang gesetzt hat. Sie glaubt auch, dass das der Grund ist, warum ich in meinem Leben keine einzige tiefergehende Beziehung habe.«

Je länger ich über all das nachdenke, desto verrückter kommt es mir vor. Wenn meine Mutter wirklich der Überzeugung ist, dass ich deswegen keine Bindungen aufbaue, warum hat sie mir dann nicht schon früher alles erzählt? Man kann doch nicht auf Dauer allen unangenehmen Gesprächen aus dem Weg gehen und so tun, als wären wir eine Bilderbuchfamilie. Und das, obwohl man weiß, dass der eigene Sohn ein traumatisches Kindheitserlebnis hatte.

»Und was ist mit deinem Vater?« Julies Anwesenheit beruhigt mich. Heute habe ich das erste Mal das Gefühl, nicht völlig allein mit der ganzen Situation zu sein.

»Tja, ich war am Sonntag so wütend, dass ich vergessen habe zu fragen, wer mein leiblicher Vater ist.« Julie muss mich für völlig bekloppt halten. Schließlich ist das ja wohl die erste Frage die man stellt, wenn man erfährt, dass man adoptiert ist.

»Das verstehe ich. Ich kann mir gar nicht vorstellen, wie du dich in dieser Situation gefühlt hast, Lucas. Aber wenn ich etwas aus den letzten Jahren meines Lebens gelernt habe, dann ist es die Erkenntnis, dass es nichts bringt, vor Dingen davonzulaufen. Sie sind trotzdem da und überrollen dich früher oder später.«

Julie ist für ihr Alter echt verdammt reif. Aber das wird man wahrscheinlich, wenn man mit Anfang zwanzig mehr Schlimmes erlebt hat als andere in ihrem ganzen Leben.

»Du hast recht. Ich hatte bis jetzt einfach noch nicht die Kraft, mich meiner Familie zu stellen und mit ihnen über alles zu reden.« Besser gesagt, keine Lust. Ich habe einfach keinen Bock darauf, mir weiterhin irgendwelche Lügengeschichten auftischen zu lassen.

»Du musst ja nicht heute mit ihnen reden. Aber je früher du es hinter dich bringst, desto schneller kannst du beginnen, das Ganze zu verarbeiten.« Julies Blick wird immer ernster. »Vielleicht würde es dir auch guttun, mit jemandem Externen darüber zu reden.« Julie sieht mich mit so viel Mitgefühl an, dass ich es schon fast bereue, ihr das alles erzählt zu haben.

Ich hasse Mitleid und ich hasse ernste Gespräche. Und trotzdem ist das hier das erste ernste Gespräch in meinem Leben, bei dem ich nicht das Bedürfnis habe, davonzulaufen. Und Julie ist der erste Mensch, bei dem ich mich auch ein bisschen über Mitgefühl freue. Ihr ist mein Leben nicht egal.

»Ich rede ja gerade mit jemandem Externen darüber.« Mir ist bewusst, dass sie damit wahrscheinlich nicht sich selbst gemeint hat.

»Ich gehe seit zwei Jahren zur Therapie. Am Anfang war ich jede Woche, mittlerweile nur noch einmal pro Monat. Es hat eine Zeit lang gedauert, bis ich jemanden gefunden habe, der mir sympathisch ist und bei dem ich mich wohlfühle. Aber heute würde ich sagen, dass mich nichts in meinem Leben so positiv geprägt hat wie diese Gespräche.« Julie rückt noch etwas näher an mich heran. »Du kannst mit dieser Person reden, über was du möchtest und von Sitzung zu Sitzung entscheiden, ob es um die Arbeit, die Familie oder einfach nur um etwas Belangloses geht.« Julie richtet ihren Blick wieder zu den Sternen und räuspert sich. »Ich werde dir nicht sagen, was du zu tun hast, Lucas. Aber ich werde dir immer offen und ehrlich meine Meinung sagen. Und meiner Meinung nach kann so ein traumatisches Erlebnis nicht einfach unter den Teppich gekehrt und ignoriert werden. Wahrscheinlich wirst du nie fähig sein zu lieben, wenn du das Ganze nicht verarbeitest.«

Sie hat recht. Ich weiß, dass sie recht hat. Und doch bin ich aktuell nicht bereit, diesen Schritt zu gehen. Noch vor einer Woche habe ich kaum über ernste Dinge nachgedacht und jetzt soll ich einmal wöchentlich darüber reden? Nein, das will ich nicht.

»So, genug mit ernsten Gesprächen. Nicht, dass du mir wieder davonläufst.« Sie zwinkert mir zu, steht auf und zieht an meinem Arm.

»Komm, fahren wir zu mir. Mir wird langsam kalt.« Julie sagt einem offen und ehrlich die Meinung und trotzdem fühlt man sich nicht von ihr belehrt. Ich fühle mich eher verstanden und aufgehoben. Das hat bis jetzt nur sie geschafft. Sie weiß genau, wann es genug ist und ab welchem Punkt ich mich zurückziehen würde, sollte sie weiterhin versuchen, über ernste Themen zu reden. Ich kann selbst nicht fassen, in was für einen Menschen Julie mich verwandelt. Langsam komme ich mir vor wie ein sentimentales Wrack. Aber es stört mich nicht. Es ist fast so, als wäre mir durch sie ein Herz gewachsen.

Julie

Samstag, 7. Juli

Zu Hause angekommen, habe ich es immer noch nicht geschafft, mich wieder aufzuwärmen. Mir war am Berg doch kälter als gedacht und ich wollte im Sommer nicht die Heizung in Lucas' Auto anmachen.

Das mit dem Wetter ist bei uns so eine Sache. Wir haben im Sommer richtig warme und schöne Tage und doch ist es in der Nacht manchmal richtig frisch.

»Hast du Lust zu baden?«

Wo kommt dieser Anfall an Selbstbewusstsein auf einmal her, Julie? Ich sehe an Lucas' Blick, dass er über meine Frage genauso überrascht ist wie ich. Wir haben uns bis jetzt nur in Unterwäsche gesehen. Mit meiner Frage hat sich die Ungewissheit, ob wir heute weitergehen würden, wohl geklärt.

»Ich bade normalerweise nur im Winter, aber zu dieser Einladung kann ich wohl schlecht nein sagen.«

Er hat wieder dieses verschmitzte Grinsen im

Gesicht. Dieses Grinsen, was mich wahrscheinlich noch irgendwann in den Wahnsinn treibt.

Lucas hat sich sofort das Shirt ausgezogen, damit ich nicht auf die Idee komme, einen Rückzieher zu machen.

Ich lasse das Badewasser ein und checke die Temperatur. Anschließend gieße ich etwas von meinem Lieblings-Badeöl hinein. Lucas freut sich sicher, nach Vanille zu duften und komplett mit Schaum bedeckt zu sein.

Gott sei Dank habe ich bei meinem Umbau an ein dimmbares Licht im Badezimmer gedacht. Ich stelle das Licht auf die dunkelste Stufe. Es ist gerade hell genug, um noch alles sehen zu können und dunkel genug, dass ich mich nicht völlig entblößt fühle.

»Kannst du uns noch Champagner aus der Küche holen?«, frage ich Lucas, damit ich währenddessen schnell in die Badewanne steigen kann und mich dabei nicht beobachtet fühle.

Ich glaube er weiß, dass ich ihn nur deshalb schicke, weil es mir unangenehm ist, mich vor ihm komplett nackt auszuziehen. Aber das ist mir egal.

Lucas scheint dagegen kein Problem damit zu haben,

sich mir in voller Pracht zu präsentieren. Und es ist wirklich eine Pracht…

Hat er sich seine Hose samt Unterhose etwa in der Küche ausgezogen? Er kommt auf jeden Fall gerade splitterfasernackt mit zwei Champagnergläsern in der Hand ins Bad zurückstolziert. Vielleicht sollte ich mal abklären, wie viele Liebschaften dieser Typ schon hatte. Es müssen viele gewesen sein bei diesem ausgeprägten Selbstbewusstsein. Oder er ist einfach ein Nudist und läuft den lieben langen Tag am liebsten nackt herum.

Lucas steigt in die Badewanne und wir sitzen uns gegenüber. Ich habe extra so viel Wasser eingelassen, dass meine Brüste noch vom Schaum überdeckt werden. So fühle ich mich wohler und weniger nackt. Ich habe meine Beine ausgestreckt und sie über seine gelegt. Gewagte Position muss ich zugeben, aber der Schaum verdeckt zum Glück alles. Lucas streichelt sanft über meine Oberschenkel.

»Mit wie vielen Frauen hattest du schon Sex?«

Hiermit habe ich wohl offiziell den Preis für die unromantischste Frage, die je in einer Badewanne gestellt wurde, gewonnen. Aber wenn ich sie nicht stelle, spukt sie mir den restlichen Abend in meinen Gedanken umher und das ist mir zu anstrengend. Lucas' Blick wirkt sehr fragend. Es freut mich, dass zumindest meine direkte Art ein Gefühl von Unbehagen in Lucas auslöst, wenn ihm seine Nacktheit schon völlig egal ist.

»Warum möchtest du das wissen?« Sein Blick ist wieder herausfordernd. Diesen Typen bringt wohl gar nichts aus der Ruhe. Langsam habe ich das Gefühl, es ist zu einer Art Ritual zwischen uns geworden, sich gegenseitig aufzuziehen.

»Warum beantwortest du meine Frage mit einer Gegenfrage? Ist dir die Antwort etwa unangenehm, Herr Jones?« Ich versuche, einen genauso herausfordernden Blick aufzusetzen wie Lucas.

Anschließend rücke ich in der Badewanne ein Stückchen nach vorne, damit sich unsere Beine noch mehr berühren.

»Ich führe kein Tagebuch, aber es müssten so um die fünfzehn gewesen sein.« Okay, ich hätte mit einer schlimmeren Zahl gerechnet. Er ist achtundzwanzig und hat seinem Charakter nach zu urteilen wahrscheinlich relativ früh damit angefangen, Sex zu haben. Und er war noch nie in einer festen Beziehung, wodurch er mir zu seinen fünf Jahren Altersunterschied noch weitere sieben Jahre voraus ist.

»Und du?« Ich glaube, er kennt die Antwort auf seine Frage, aber ich werde sie ihm natürlich gerne beantworten.

»Mit einem.« Ich muss sagen, dass mir die Antwort keineswegs unangenehm ist. Ich finde es schön, dass ich mein erstes Mal mit jemanden hatte, der mir sehr viel bedeutet und dass es bis jetzt bei diesem einen geblieben ist.

»Ich hoffe sehr, dass bald zwei daraus werden«, sagt Lucas, während seine Hand an eine Stelle wandert, die ich nicht mehr unbedingt als Oberschenkel bezeichnen würde. Seine unverblümte Art macht mich an. Er versucht nicht so zu tun, als sei er geheimnisvoll oder desinteressiert. Lucas zeigt einem immer, woran man ist. Und mir ist bewusst, dass es sich dabei wahrscheinlich nur um eine rein sexuelle Beziehung handelt. Aber genau das brauche ich gerade. Diese Unbeschwertheit, einfach sein zu können, wer und wie man ist. Ich lehne mich in der Badewanne nach vorne und küsse ihn. Er zieht mich so fest an sich, dass mir ein leichtes Keuchen entflieht.

»Wenn du nackt solche Geräusche von dir gibst, werde ich mich nicht mehr lange zurückhalten können, Julie«, flüstert er mir ins Ohr.

»Dann tu es nicht!« Das muss ich Lucas nicht zweimal sagen. Er zieht mich in die Höhe, damit ich direkt über seinem Gesicht stehe. Da hat sich die Investition in eine breitere Badewanne wohl gelohnt. Lucas hebt kurz seinen Blick, um mich stumm zu fragen, ob er mich an dieser Stelle küssen darf. Mein Nicken genügt und er beginnt mich mit einer überwältigenden Leidenschaft zu liebkosen. Seine Zunge fühlt sich an, als hätte sie in ihrem Leben noch nie etwas anderes gemacht. Wie schafft er es nur, die richtigen Stellen so perfekt zu berühren?

Er berührt jede Stelle mit der genau richtigen Intensität. Nach mehreren Minuten kann ich mich fast nicht mehr auf den Beinen halten. Lucas hebt mich aus der Badewanne und stellt mich am Boden ab. Er stürmt davon und kommt mit einem Kondom in der Hand wieder zurück. Wie froh ich bin, dass zumindest er sich auf diese Situation vorbereitet hat. Ich hätte kein Kondom zu Hause gehabt. Wir hätten aber auch nicht einfach so miteinander schlafen können, da ich ja nicht einmal mehr die Pille nehme.

Sein Blick ist so begierig, dass ich ihn in meinem ganzen Körper spüre. Seine fordernden Lippen küssen meine bis ins Unermessliche. Lucas zieht sich nur kurz zurück, um sich das Kondom überzustreifen. Dann packt er mich und legt mich auf den Badezimmerboden.

Es gefällt mir, dass er nicht zögert. Er macht einfach das, wovon er weiß, dass es mir gefällt. Hätte mir mal jemand gesagt, dass ich mein erstes Mal mit einem Typen zuerst in der Badewanne und anschließend auf den Fliesen daneben hätte, hätte ich ihn wahrscheinlich ausgelacht.

Genau diese Art begehre ich an Lucas. Er ist wild, frei und lebt im Moment. Er denkt nicht darüber nach, ob es mir vielleicht lieber wäre, das erste Mal mit ihm im Bett zu haben.

Ich merke, wie sich mein Körper langsam anspannt. Ich bin kurz davor, zum Ende zu kommen, da zieht Lucas sich plötzlich aus mir zurück. Sein Blick wird immer intensiver und begieriger.

»Ich möchte, dass wir gleichzeitig kommen«, flüstert er in mein Ohr.

Ich hoffe, dass es bei ihm nicht mehr allzu lange dauert, ich kann mich nämlich kaum noch zurückhalten. Es erfordert erhebliche Selbstdisziplin, ihn nicht einfach an mich zu reißen und in tausend Stücke zu zerbersten. Lucas dringt langsam in mich ein. Seine Bewegungen steigern sich von einem sanften Gleiten zu einem starken Stoßen. Nach wenigen Minuten beginnen unsere Körper gleichzeitig zu beben. Ich zittere am ganzen Körper und auf Lucas' Armen macht sich eine Gänsehaut breit.

Dieses Gefühl ist so intensiv, dass mein Herz es kaum aushält. Ich kann mich nicht bewegen. Ich bin so wohlig erschöpft, dass ich einfach auf dem Badezimmerboden liegen bleibe. Lucas sieht mich mehrere Minuten einfach nur an. Anschließend hebt er mich hoch und trocknet mich am ganzen Körper ab. Er packt meine Beine, schlingt sie sich um die Hüften und trägt mich ins Schlafzimmer. Ich finde es verdammt sexy, dass er mich ohne jegliche Anstrengung hochheben kann.

»Darf ich heute Nacht hier bei dir schlafen?«, fragt er mit einer ruhigen, tiefenentspannten Stimme.

»Ja!« Ich freue mich darauf, mich die ganze Nacht nackt an ihn zu schmiegen und gemeinsam in meinem Bett einzuschlafen.

Lucas

Montag, 9. Juli

Das war verdammt noch mal das beste Wochenende meines Lebens. Julie und ich hatten so oft Sex, dass ich irgendwann aufgehört habe, mitzuzählen. Wir haben den kompletten Samstag und Sonntag auf der Couch und im Bett verbracht.

Jetzt heißt es aber wieder zurück in die Realität und ran an die Arbeit. Es ist mir heute fast schwergefallen, mich von Julie zu verabschieden. Ich kann aber auch nicht die ganze Woche einfach bei ihr in der Wohnung verbringen. Auch wenn wir beide sehr flexibel sind, was unsere Arbeit angeht. Ich könnte einfach meinen Laptop mit zu ihr nehmen und die ganze Woche bei ihr bleiben. Dann habe ich aber Angst, dass das in ihr die Hoffnung erwecken könnte, ich wäre der Mensch für etwas Ernstes. Das bin ich nicht und das werde ich auch nicht mehr werden. Auch wenn Julie mich selbst manchmal daran zweifeln lässt. Irgendetwas an ihr schafft es, dass ich meine Einstellung zu Beziehungen hinterfrage. Aber zwischen Hinterfragen und Ändern liegt ein gewaltiger Unterschied.

***

Als ich in meine Einfahrt einbiege, sehe ich schon das Auto meiner Schwester. Ich überlege, ob ich einfach wieder umdrehen und zurück zu Julie fahren soll, entscheide mich dann aber dagegen. Ich kann dieses Gespräch nicht ewig vermeiden und es freut mich, dass sich Laura die Mühe gemacht hat, meine Adresse herauszufinden. Immerhin war sie noch nie bei mir, was ich im Nachhinein gesehen ziemlich unsympathisch von mir finde.

Kaum bin ich aus dem Auto ausgestiegen, läuft sie mir auch schon entgegen.

»Hey, komm rein.« Ich sehe, wie sich Erleichterung in ihrem Gesicht ausbreitet. Sie hat sicher damit gerechnet, dass ich sie sofort wieder wegschicke.

»Wow, ich wusste ja nicht, wie schön deine Wohnung ist. Das freut mich sehr für dich, Lucas.«

Das mag ich an meiner Schwester. Zwischen uns gab es noch nie so etwas wie Eifersucht oder Neid. Egal was dem anderen im Leben Positives passiert, wir freuen uns immer von tiefstem Herzen füreinander.

Neid ist etwas, mit dem ich generell nur schwer umgehen kann. Ich finde, jeder Mensch ist für sein Glück selbst verantwortlich und bei den meisten steckt verdammt viel harte Arbeit dahinter. Das, was die Menschen sehen, ist immer nur der darauf schließende Erfolg und nicht wie hart der Weg dorthin war. Darauf folgen dann oft Sätze wie: »Der hat aber Glück gehabt im Leben«. Solche Menschen will und brauche ich nicht in meinem Leben. Jeder hat die Möglichkeit, jeden Tag alles zu verändern, wenn er das auch wirklich möchte.

Laura ist da anders. Sie weiß, wie viel ich arbeite und gönnt mir den Luxus, den ich mir dadurch leisten kann. Auch wenn sie selbst in einer eher kleinen und einfachen Wohnung lebt.

»Willst du was trinken?« Ich bin ja gespannt, wie lange ich das ernste Gespräch noch mit belanglosen Fragen hinauszögern kann.

»Nein danke. Ich will auch gar nicht lange stören. Ich bitte dich nur darum, mich kurz anzuhören.« Somit hat sich das Hinauszögern wohl erledigt.

»Dann lass mal hören.« Ich setze mich gegenüber von ihr an meinen Esstisch.

»Es tut mir leid Lucas, dass ich es dir nicht früher gesagt habe. Ich war sechzehn, als ich es zufällig herausgefunden habe. Ich habe Mum sofort zur Rede gestellt und sie ist vom ganzen Weinen zusammengebrochen.« Laura räuspert sich. »Ich weiß, dass ich das nie wieder gutmachen kann. Mum hat mir jedes Mal wieder versprochen, dass sie es dir irgendwann sagen wird. Aber du warst immer so glücklich und sie hat es einfach nicht geschafft, mit dir darüber zu sprechen.«

Laura nimmt meine Hand und schaut mir fest in die Augen. »Mir ist erst, als du mir dein Herz ausgeschüttet hast, bewusst geworden, dass du wirklich zu niemandem eine enge Bindung hast. Ich habe davor nie sonderlich viel darüber nachgedacht, aber in dem Moment war es fast wie eine Erleuchtung. Ich wusste, dass Mum es dir sofort sagen muss, damit du eine Chance hast, das alles zu verarbeiten.« Laura hat mittlerweile so viele Tränen in den Augen, dass sie wahrscheinlich alles nur noch verschwommen sieht. Aber sie weigert sich, meine Hände loszulassen.

»Du bedeutest mir so viel, Lucas. Ich liebe dich und hoffe, dass du mir irgendwann vergeben kannst.« In ihrer Stimme liegt so viel Verzweiflung, dass es mir sofort leidtut, so kalt zu Laura gewesen zu sein.

Ich weiß, dass sie nie etwas machen würde, um mir absichtlich zu schaden. Ich bin mir sicher, dass sie tief in ihrem Inneren geglaubt hat, dass es besser für mich wäre, nichts von alledem zu erfahren. Dass es besser wäre, wenn ich einfach mein unbeschwertes Leben weiterleben könnte. Außerdem verstehe ich, dass sie unsere Mutter schützen wollte. Immerhin war es nicht schwer zu erraten, wie ich reagieren würde, wenn ich nach Jahren der Lügen endlich die Wahrheit erfahre. Ich habe mich meiner Familie gegenüber nie geöffnet. Sie konnten gar nicht wissen, welche Auswirkung dieses Erlebnis auf mich hatte. Vielleicht haben sie auch geglaubt, dass ich ihretwegen nie eine Frau mitbringe.

»Ich vergebe dir.« Ich stehe auf und nehme meine

Schwester in den Arm. Ich glaube, das hier gerade ist der innigste Moment, den wir je hatten. Ich möchte in Zukunft mehr solcher Momente mit Laura haben und sie nicht mehr aus meinem Leben ausschließen.

»Weißt du, wer mein leiblicher Vater ist?«

Lauras Blick wird wieder ernst. »Lucas, ich könnte dir jetzt alles erzählen, was ich weiß. Es würde sich für mich aber nicht richtig anfühlen. Das ist ein Gespräch, welches du mit unseren Eltern führen solltest.«

Ich verstehe nicht, warum sie mir nicht einfach schnell den Namen nennen kann, mehr will ich doch gar nicht wissen. Mich würde nur interessieren, ob ich mich an seinen Namen erinnern kann oder ob ich "meinem Vater" in meinem Leben schon mal zufällig über den Weg gelaufen bin.

»Es ist okay, wenn du heute noch nicht bereit bist, mit ihnen zu reden. Aber ich hoffe sehr, dass du es in naher Zukunft bist. Sowohl für deinen Seelenfrieden als auch für ihren.«

Ich kann Laura nicht zwingen, mir seinen Namen zu nennen. So dringend will ich ihn sowieso nicht wissen. Es wird schon seinen Grund haben, warum es ihr lieber wäre, wenn ich meine Eltern danach frage. Vielleicht hofft Laura auch einfach, dass wir uns bei diesem Gespräch versöhnen können. Oder dass meine Neugier groß genug ist, um Kontakt mit ihnen aufzunehmen.

»Okay, akzeptiert. Aber tu mir bitte einen Gefallen und gib ihnen nicht meine Adresse.« Ich sehe Laura an, dass sie mich am liebsten sofort überzeugen würde, zu ihnen zu fahren. Aber sie kennt mich. Sie weiß, dass ich vor jeder ernsten Auseinandersetzung davonrenne und fordert ihr Glück heute nicht mehr heraus.

Sie ist noch eine Weile geblieben und wir haben uns über weniger ernste Themen unterhalten. Es hat sehr gutgetan, mal etwas Zeit allein mit ihr zu verbringen. Wenn die ganze Sache etwas Positives hat, dann, dass ich endlich bereit bin, meine Schwester etwas mehr an meinem Leben teilhaben zu lassen.

Lucas

Samstag, 25. August

Ich hatte in letzter Zeit so viel zu tun, dass ich fast gar nicht mehr an mein Familiendrama gedacht habe. Kann schon sein, dass ich vielleicht einfach nur vor meinen Problemen davonlaufe. Aber aktuell fühlt es sich zu gut an, um irgendetwas daran zu ändern. Meine Eltern habe ich seit dem Vorfall an meinem Geburtstag immer noch nicht gesehen. Sie versuchen zwar regelmäßig mich zu erreichen, aber ich ignoriere ihre Anrufe meistens einfach. Einmal habe ich meiner Mutter eine SMS geschrieben, dass es mir gut geht, aber dass ich einfach noch Zeit brauche, bis ich bereit bin, mit ihnen über alles zu reden. Laura versucht mich mittlerweile gar nicht mehr zu überreden. Sie hat akzeptiert, dass ich mein eigenes Tempo habe. Es freut mich, dass unser Verhältnis in letzter Zeit etwas enger geworden ist. Ich bin immer noch weit entfernt vom perfekten Bruder, aber immerhin melde ich mich relativ regelmäßig bei ihr. Das ist mehr als sie in den letzten zwanzig Jahren von mir bekommen hat. Sie scheint unseren Eltern wirklich nicht meine Adresse gegeben zu haben und das bedeutet mir sehr viel. Ich weiß, wie viel ihr daran liegt, dass wir uns versöhnen und wie viel Selbstbeherrschung es sie kosten muss, mich in dieser Hinsicht einfach in Ruhe zu lassen. Laura ist ein sehr harmoniebedürftiger Mensch und bei ihr geht Familie über alles. Das bewundere ich sehr an ihr.

Zwischen Julie und mir läuft es gut. Wir reden nie darüber, was das zwischen uns eigentlich ist. Ich bin froh darüber. So muss ich mir keine Gedanken machen und kann die Zeit mit ihr einfach genießen. Es ist ja nur noch ein guter Monat, bis ihr Gespräch mit Nate ansteht. Ich kann nicht einschätzen, wie sie mittlerweile dazu steht. Ich bin aber immer noch der Meinung, dass sie diese Entscheidung niemals von mir abhängig machen sollte. Ich mag Julie, sehr sogar. Wahrscheinlich mehr als ich je einen Menschen gemocht habe. Aber in Momenten, in denen sie mich fast verliebt ansieht, merke ich sofort, wie ich mich innerlich verschließe. Ich kann nicht sagen, wie es mir ohne sie gehen würde.

Meine Firma nimmt sehr viel Zeit in Anspruch und meine Freizeit verbringe ich hauptsächlich mit Julie. Ich weiß gar nicht, ob ich sie vermissen könnte, wenn sie nicht mehr in meinem Leben wäre. Ich hatte noch nie Zeit, sie wirklich zu vermissen.

Ich habe Julie absichtlich noch immer nicht nach ihrer Telefonnummer gefragt. Manchmal nervt es mich selbst, weil es einfacher wäre, ihr kurz eine Nachricht zu schreiben. Aber ich hasse Schreiben und Telefonieren und so habe ich immer einen Grund, sie persönlich zu sehen. Heutzutage werden zu viele Verabredungen einfach wieder abgesagt, weil man ja nur schnell eine WhatsApp schreiben muss. Das will ich bei Julie und mir nicht. Ich will sie immer persönlich sehen, wenn ich mich mit ihr unterhalte. Ich finde so etwas viel wertvoller als den ganzen Tag Smalltalk über WhatsApp zu führen. Smalltalk ist generell nicht so mein Ding. Vor allem nicht bei Julie. Sie hat mich auch noch nie darauf angesprochen, dass wir unsere Telefonnummern nicht haben. Ich glaube, sie mag meine Spontanbesuche genauso gerne wie ich. In letzter Zeit ist Julie auch immer häufiger bei mir vorbeigekommen. Wir verabreden uns fast nie und sehen uns doch fast jeden Tag. Ein anderer würde das wahrscheinlich als den Anfang einer Beziehung bezeichnen. Bei diesem Gedanken zieht sich in mir aber sofort alles zusammen. Ich bin froh, dass Julie ganz genau weiß, woran sie bei mir ist und dass unsere gemeinsame Zeit ein Ablaufdatum hat. So kann ich mich in den Momenten, die wir gemeinsam verbringen, fallen lassen und muss mir keine Gedanken um die Zukunft machen.

Wir haben uns für heute Abend ausnahmsweise mal richtig verabredet und Julie meinte, dass sie jetzt an der Reihe ist, ein Date zu planen. Ich bin schon sehr gespannt, was sie sich einfallen lässt. Ich glaube kaum, dass wir einfach nur essen gehen werden. Julie ist sehr ehrgeizig. Ich bin mir ziemlich sicher, dass sie mich mit ihrem Date übertreffen möchte.

Julie

Samstag, 25. August

Ich habe lange hin und her überlegt, was ich heute mit Lucas machen könnte. Ich wollte auf gar keinen Fall einfach nur essen gehen. Bei unseren letzten Dates hatten wir die Location immer komplett für uns. Das hat mir fast am besten daran gefallen. Aber meine finanziellen Mittel sind etwas eingeschränkter als die von Lucas. Mir geht es finanziell gut. Aber ich bin nicht bereit, mehrere tausend Euro für ein Date auszugeben. Ich glaube zwar nicht, dass es Lucas irgendwie wichtig wäre, wie viel unser Date kostet, aber ich möchte, dass es etwas Besonderes wird. Lucas ist einfach so kreativ, dass es mir schwerfällt, mit ihm mitzuhalten.

Ich habe Glück, dass Clara gerade im Urlaub ist. Sie hat ein Haus mit Pool ganz bei uns in der Nähe. Sie hat es von ihren Eltern bekommen und richtig schön hergerichtet. Ich habe sie angerufen und gefragt, ob es okay wäre, ihren schönen Garten in eine Date-Location umzuwandeln. Ihre Schlüssel habe ich ja sowieso, weil ich nach ihren Blumen und ihrer Katze schaue. Der Anruf hat natürlich über eine Stunde gedauert, weil ich bis jetzt sehr verschwiegen war, was das mit mir und Lucas angeht. Ich weiß einfach selbst nicht, was da zwischen uns ist und wie es mit Nate weitergehen soll. Deshalb habe ich bis jetzt nicht viel darüber gesprochen. Ich hatte Angst, dass Clara mir Vorwürfe machen oder mit Beziehungstipps um sich schlagen würde. Aber ich hätte es besser wissen müssen. Clara verurteilt mich nie. Sie ist einfach nur da und hört sich meine Probleme an. Es ist mir wirklich verdammt schwergefallen, das mit Lucas nicht ausführlich mit ihr zu besprechen, da Clara und ich uns normalerweise alles sofort erzählen. Es tat gut, endlich mit ihr darüber reden zu können. Sie war sofort begeistert, dass ich eine "heiße Affäre" habe. Ihre Worte nicht meine. Deshalb freut sie sich sogar, dass eines meiner Dates in ihrem Garten stattfindet. Die einzige Bedingung ist: kein Sex im Pool. Was ich vollkommen verstehe. Ich werde mich daran halten. Lucas habe ich einfach den Standort in sein Handy eingetippt, als wir uns das letzte Mal gesehen haben. Es war mir wichtig, alles schön herzurichten, deshalb bin ich schon seit einer Stunde hier. Ich habe im ganzen Garten Lampions und Lichterketten aufgehängt. Rund um den Pool stehen Laternen mit Kerzen. Es gibt eine große Liegeinsel, welche ich mit kuscheligen Decken und Polstern ausgestattet habe. Zum Essen gibt es Sushi und Champagner. Lucas ist der einzige Mann, den ich kenne, dem Champagner wirklich zu schmecken scheint. Meine Musikbox habe ich auch mitgebracht und es läuft einfach meine Lieblingsplaylist. Wenn ich mir das ganze Ambiente so anschaue, ist es fast kitschig. Aber es war mir wichtig, dass Lucas merkt, dass ich mir Mühe gegeben habe. Ich schicke Clara schnell ein Foto, damit sie mal sieht, was man aus ihrem Garten so herausholen kann. Es fühlt sich so an, als hätten wir hier unsere ganz persönliche Insel. Clara hat keine direkten Nachbarn und der Garten ist komplett von Hecken umgeben. Ich bin mir sicher, dass es Lucas gefallen wird.

Unsere "Heiße Affäre" geht jetzt schon seit drei Monaten und bis jetzt hat immer nur er unsere Dates geplant. Ich wollte es mir nicht nehmen lassen, auch mal für eines verantwortlich zu sein. Ich hasse es, ständig von jemandem eingeladen zu werden und bei Lucas' Dates handelt es sich ja nie nur um eine schlichte Essenseinladung.

Mir war meine Unabhängigkeit immer schon sehr wichtig. Nate und ich haben uns beim Essengehen immer mit dem Zahlen abgewechselt. Natürlich war das etwas anderes, da es sich um eine ernsthafte und dauerhafte Beziehung gehandelt hat. Für die kurze Zeit mit Lucas macht es mir gar nicht so viel aus, eingeladen zu werden. Immerhin wird das nicht für den Rest unseres Lebens so bleiben. Trotzdem will auch ich ihm mal etwas Gutes tun.

Lucas' Gegenwart tut mir gut. Wenn ich mit ihm bin, muss ich nicht an ernste Dinge denken. Wir haben einfach Spaß zusammen und genießen das Leben. Außerdem hat er es geschafft, dass ich endlich wieder Spaß am Sex habe. Es ist schön, Sex zu haben, ohne im Hinterkopf ständig an die Kinderplanung zu denken. Es befreit mich zu wissen, dass es einzig und allein um Vergnügen geht und nicht um die Zeugung eines Kindes.

Ich kann mich endlich wieder komplett fallen lassen und meine Sexualität ausleben. Wir haben viel Sex, verdammt viel und doch fällt uns immer wieder etwas Neues ein, damit uns ja nicht langweilig wird. So eine Affäre hat schon seine Vorzüge. Ich habe von Anfang an klar ausgesprochen, was mir gefällt. Das hat uns einige Wochen Eingewöhnung erspart. Ich glaube nicht, dass mir das so leichtgefallen wäre, wenn ich es auf eine ernste Beziehung angelegt hätte. Aber vielleicht liegt es auch einfach an Lucas. Er ist so direkt, dass man automatisch das Bedürfnis hat, sich ihm zu öffnen. Er gibt mir das Gefühl, das Begehrteste zu sein, was er je gesehen hat und das tut verdammt gut.

Ich habe unser Date extra auf den späten Abend gelegt, damit es von Anfang an etwas dämmrig ist. Kerzen und Lampions sehen im Hellen ja nicht wirklich spektakulär aus. Ich bin gerade mit allem fertig geworden und lasse mich auf die Liegeinsel fallen, als ich auch schon Lucas' Wagen höre. Genau pünktlich. In mir breitet sich wieder dieses wohlige Kribbeln aus. Wie immer, wenn ich etwas mit Lucas unternehme. Ich öffne ihm das Gartentor und sehe seinem Blick an, dass er begeistert ist.

»Wow Julie, so etwas Schönes hat noch nie jemand für

mich gemacht. Das ist jetzt schon das beste Date aller Zeiten.«

Es freut mich, dass es ihm so gut gefällt. Lucas hat schon seit Längerem keinen Rückzieher mehr gemacht. Beim letzten Mal dachte ich, ich würde ihn nie wiedersehen. Aber einen Tag später ist er sofort wieder vor meiner Haustür gestanden. Er hat so reumütig ausgesehen, dass ich sofort wieder eingeknickt bin. Ich weiß, dass es nicht schlau ist, einem beziehungsunfähigen Menschen so viele Chancen zu geben. Aber ich spüre, dass Lucas sich mehr auf mich einlässt, als er es vorher jemals bereit war zu tun. Ich bin mir sicher, dass er sich noch nie einem anderen Menschen geöffnet hat. Auch wenn unsere Art von Beziehung vielleicht nur bis Oktober anhält. Es gibt mir ein gutes Gefühl, Lucas dabei geholfen zu haben, sich etwas zu öffnen. Er weiß, woran er bei mir ist und ich weiß, woran ich bei ihm bin. Es hat zwar etwas gedauert, bis wir uns eingegroovt haben, aber mittlerweile scheint es für uns beide genau so in Ordnung zu sein.

»Warum hast du mir nicht gesagt, dass es bei unserem Date einen Pool gibt? Jetzt habe ich keine Badehose dabei.« Ich schaue ihn mit unserem mittlerweile standardmäßig herausfordernden Blick an.

»Genau deshalb habe ich es dir nicht gesagt.« Lucas lässt sich auf die Liegeinsel fallen und nimmt sich ein Stück Sushi.

»Dann werde ich mir wohl oder übel eine angemessene Rache überlegen müssen. Mach dich gefasst, Julie.« Ich freue mich schon auf seine "Rache", da das bedeutet, dass er ein weiteres Date für uns planen muss. Und Lucas' Dates waren bisher die schönsten und ausgefallensten meines Lebens. Er hat mich noch nie einfach zum Essen eingeladen, sondern sich immer etwas Lustiges und Unvergleichliches einfallen lassen. Ich könnte mich an diese Art von Dates gewöhnen.

»Lass uns in den Pool springen, damit es sich wenigstens lohnt, gerächt zu werden«, sage ich.

Lucas ist nackt, bevor ich auch nur die Möglichkeit habe, mein Shirt auszuziehen.

»Du nimmst Pflicht, Julie. Und deine Aufgabe lautet: Springe nackt in den Pool.«

Wir haben zwar gar nicht Wahrheit oder Pflicht gespielt, aber ich wehre mich nicht gegen meine Aufgabe.

Schließlich wäre es unfair, wenn er nicht auch etwas von meinem Plan hat. Nackt schwimmen macht verdammt viel Spaß. Wir waren so lange im Pool, dass meine Haut schon ganz schrumpelig ist. Unser Sex hat anschließend in der Liegeinsel stattgefunden, schließlich halte ich meine Versprechen. Es war wahrscheinlich der gigantischste Sex aller Zeiten. So wie jeder Sex den ich bis jetzt mit Lucas hatte. Es gibt keine Hemmungen und unangenehmen Momente. Wir lassen uns komplett fallen und geben uns dem Moment einfach hin. Genau das liebe ich an unserer gemeinsamen Zeit. Es ist unbeschwert und macht so verdammt viel Spaß. Ich weiß nicht, wie mein Leben werden wird, wenn diese Unbeschwertheit vielleicht nicht mehr da ist. Wenn Lucas nicht mehr da ist.

Lucas

Sonntag, 16. September

Als meine Rache habe ich mir heute etwas ganz Besonderes für Julie einfallen lassen. Wir hatten seit dem Abend am Pool zwar noch zwei weitere Dates, aber ich wollte sie ein wenig auf die Folter spannen. Schließlich hätte sie beim ersten Date damit gerechnet und das wäre ja nur der halbe Spaß gewesen. Bei uns in der Nähe findet heute eine Veranstaltung statt, die sich "Porn and Jazz" nennt. Ich habe Julie bei einem unserer "Wahrheit oder Pflicht Abende" mal gefragt, was das Unangenehmste war, dass sie je mit Nate gemacht hat. Ihre Antwort war, dass sie sich einen Porno angeschaut haben. Ich habe mich ziemlich darüber amüsiert, dass das anscheinend der peinlichste Moment in ihrer siebenjährigen Beziehung war, aber Julie war es wirklich ernst. Ihr ist nichts unangenehmer, als fremden Menschen beim Sex zusehen zu müssen. Sie und Nate haben mal zum Spaß ausprobiert, ob es sie antörnt, gemeinsam Pornos zu schauen. Julie ist dabei fast im Erdboden versunken. Wenn es ihr mit ihrem langjährigen Freund zu Hause schon unangenehm ist, wie unbehaglich muss es für sie dann erst in der Öffentlichkeit sein. Als ich vorgestern im Internet diese Veranstaltung entdeckt habe, habe ich sofort meine Chance zur Rache erkannt und uns zwei Tickets gebucht. Julie weiß natürlich nicht, wo es heute hingeht. Ich muss zugeben, dass meine Aktion etwas gemein ist. Schließlich erwartet sie sicher wieder eines meiner lustigen und ausgefallenen Dates. Wobei ich es ja ziemlich ausgefallen finde, mit Fremden einen Porno zu schauen, während eine Band Jazzmusik spielt. Nur wahrscheinlich nicht auf die süße romantische Art und Weise. Sondern eben auf die gemeine Weise und das amüsiert mich umso mehr. Ich weiß selbst, dass man das nicht mit jedem Mädchen machen kann. Ich bin mir aber ziemlich sicher, dass Julie es nach einem kurzen Schock lustig finden wird. Außerdem bin ich so wie ich bin. Meine Art von Humor verträgt nicht jeder, aber ich werde mich auch gewiss für niemanden verstellen.

***

In der Location angekommen hängen Gott sei Dank keine Plakate von der Veranstaltung an den Wänden, da hier jeden dritten Abend etwas anderes stattfindet. Hier ist alles sehr ungezwungen. Es handelt sich um ein altes Fabrikgebäude, in dem eine Bühne aufgebaut wurde. Vor der Bühne sind Stuhlreihen aufgestellt und man hat freie Platzwahl. Julie setzt sich begeistert in eine der vorderen Reihen, als sie sieht, dass eine Band gerade ihr Equipment aufbaut. Wahrscheinlich wäre jetzt der richtige Zeitpunkt, ihr Bescheid zu sagen, wo sie da heute gelandet ist. Aber ich bin zu sehr auf ihren Blick gespannt, wenn es dann losgeht. Wir sind relativ früh da, weswegen es sicher noch eine halbe Stunde dauert, bis es endlich losgeht.

Julies Blick ist gespannt auf die Leinwand gerichtet und meiner auf sie. Ich weiß ja selbst nicht, was uns da heute erwartet. Ich muss zugeben, dass ich froh war, als ich gesehen habe, dass die anderen Zuschauer auch alle in ganz normaler Alltagskleidung aufgetaucht sind. Sonst hätte ich nicht nur Julie mit meiner Aktion einen Streich gespielt, sondern auch mir selbst. Als die Band anfängt zu spielen, zeigen sich die ersten Videosequenzen auf der Leinwand. Gott sei Dank ohne Ton, weil ja die Band sozusagen die musikalische Begleitung ist. Julies Blick ist unbeschreiblich. Es ist eine Mischung aus Schock und Scham. Ihr Gesicht rötet sich leicht und ich kann mir ein Lachen nicht verkneifen.

»Du bist so gemein, Lucas. Du weißt genau, wie unangenehm mir so etwas ist. Wo hast du so eine Veranstaltung nur aufgegabelt?«, flüstert sie in mein Ohr.

Der Raum ist sehr dunkel und es sind relativ wenige Zuschauer hier, weshalb uns niemand wirklich bemerkt.

»Ich hab doch gesagt, dass ich mich für die Poolaktion rächen werde. Als ich diese Veranstaltung im Internet entdeckt habe, wusste ich, dass das die perfekte Gelegenheit dazu ist.«

Julie sieht mich halb ernst, halb lachend an. Ich würde sie am liebsten küssen, weil sie so süß aussieht.

»Das ist keine angemessene Rache für Nacktbaden im Pool. Eigentlich müsste ich dafür eine Belohnung erhalten. Immerhin war ich auch nackt. Das hier ist Folter.«

Wo sie recht hat, hat sie recht. Es war wirklich eine Belohnung, mit ihr gemeinsam nackt im Pool zu sein. Aber es geht um die Tatsache, dass sie mir absichtlich nicht gesagt hat, dass ich eine Badehose mitnehmen soll. Jemand anderem wäre das vielleicht unangenehm gewesen und er hätte sich dafür geschämt. Außerdem waren die Tickets total günstig und ich konnte mir diesen Scherz auf Julies Kosten einfach nicht verkneifen.

»Wir können gerne wieder gehen, wenn du möchtest. Ich wollte nur deinen Blick sehen. Für mich hat sich der Aufenthalt mehr als gelohnt.«

Zugegebenermaßen ist mir diese Art von Veranstaltung auch etwas unangenehm. Aber auf eine lustige Weise. Immerhin passiert es nicht jeden Tag, dass man mit fremden Menschen einen Porno anschaut. Julie muss sich mittlerweile auch das Lachen verkneifen und die Röte ist aus ihrem Gesicht gewichen. Es freut mich, dass sie immer alles mit Humor nimmt und dass wir uns gegenseitig auf den Arm nehmen können.

Das gegenseitige Necken und das Herausfordern liebe

ich an unserer Zeit am meisten. Das werde ich vermissen.

»Von mir aus können wir bis zur Pause bleiben. Ich mach einfach die Augen zu und genieße die Jazzmusik.« Ich finde die Jazzband nicht unbedingt begabt, aber na gut, schließlich habe ich mir den Abend selbst eingebrockt. Ich schließe auch die Augen und wir lauschen beide der Musik. Immer wieder mache ich kurz die Augen auf und muss grinsen. Julie ist einfach unglaublich.

Sie sitzt in einer "Porn and Jazz"-Veranstaltung und lauscht mit geschlossenen Augen der Musik, als wäre das das Normalste der Welt. Als wäre sie einfach auf einem stinknormalen Konzert.

Lucas

Samstag, 22. September

Der Tag der Wahrheit rückt immer näher. Julie hat mich gebeten, heute bei ihr vorbeizukommen und ich habe irgendwie das Gefühl, dass das nichts Gutes bedeutet. Wir haben uns in unserer gemeinsamen Zeit immer spontan getroffen oder unsere Verabredung als Date bezeichnet. Diesmal war keine Rede von einem Date. Sie hat gesagt: »Wir müssen reden« und genau das macht mir Angst. Ich musste noch nie mit einer Frau ein ernstes Gespräch führen, weil ich es davor einfach immer beendet habe.

Julie und ich haben die Realität in den letzten Wochen verdrängt und nie zur Sprache gebracht. Das Thema Nate ist nie wieder angesprochen worden. Natürlich bin ich froh darüber. Keiner will mit der Frau, die er datet, über den anderen Typen in ihrem Leben sprechen. Aber wir haben generell alles, was die Zeit nach dem 1. Oktober betrifft, einfach weggelassen.

Julie und ich haben gelebt, als wären wir zwei Menschen, die sich besser kennenlernen und sich eine Zukunft miteinander vorstellen können. Aber da ist gar keine gemeinsame Zukunft. Nicht, dass ich je eine wollte, aber jetzt, wo der Tag immer näher rückt, tut es doch mehr weh als gedacht. Julies Zukunft ist mit ziemlicher Sicherheit Nate, so wie er die letzten sieben Jahre ihre Vergangenheit war. Und meine Zukunft ist das Singledasein, das mich bereits mein ganzes Leben begleitet hat. Bis vor drei Monaten habe ich nichts anderes gekannt. Es wird mir wahrscheinlich nicht besonders schwerfallen, wieder zu meinem alten Ich zu werden. Oder?

***

Bei Julie angekommen, fühle ich mich, als hätten mich drei LKWs überfahren. Mein Herz ist schwer und ich kann kaum atmen. Wir sitzen auf ihrer Couch und von der Leichtigkeit der letzten Monate ist nichts mehr zu spüren. Es ist fast, als hätte man all die Lebensfreude und Leichtigkeit aus mir herausgepumpt. Julie wirkt, als würde es ihr genauso mies gehen wie mir. So ruhig wie heute kenne ich sie gar nicht. Kein frecher Spruch, keine herausfordernden Blicke. Keiner zieht den anderen auf. Wir sitzen einfach nur auf der Couch und warten darauf, dass einer von uns beiden die richtigen Worte für unsere Situation findet. Wobei es diese Worte wahrscheinlich gar nicht gibt. Ich glaube kaum, dass viele Menschen vor uns eine Beziehung auf Zeit geführt haben. Entweder man hat eine unverbindliche Affäre oder eine richtige Beziehung. Aber das zwischen mir und Julie war keines von beidem. Es war zu intensiv und intim für eine Affäre und doch zu wenig für eine gemeinsame Zukunft oder eine richtige Beziehung.

»Ich weiß nicht, was ich sagen soll, Lucas.« Julie räuspert sich. »Das Gespräch mit Nate ist nicht mehr lange hin. Ich brauche davor noch etwas Zeit für mich, um mir über alles klar zu werden.«

Ich merke ihr an, wie unangenehm dieses Gespräch für sie ist. Ich kann aber nicht einordnen, ob es ist, weil sie wieder zu Nate zurückwill oder weil sie nicht weiß, was sie machen soll. Julie ist normalerweise wie ein offenes Buch, deshalb bin ich es nicht gewohnt, sie nicht einschätzen zu können. Das bereitet mir ein ungutes Gefühl.

»Ich bin mir zwar sicher, dass du nicht erwartet hast, dass wir für immer zusammenbleiben. Ich habe aber trotzdem Angst, dich auf irgendeine Art und Weise zu verletzen.« Lustig, dass wir beide befürchten, dem anderen wehzutun, obwohl von Anfang an klar besprochen wurde, was das zwischen uns ist.

»Alles gut, Julie. Die Vereinbarung waren vier unbeschwerte Monate.« Ich versuche sie mit einem Lächeln etwas aufzumuntern. »Und das hatten wir, zumindest zu den Zeiten, an denen ich es nicht gerade verbockt habe.«

Ich bin gespannt, wie es mir in nächster Zeit gehen wird. Es wird ungewohnt sein, nicht mehr jede freie Minute bespaßt zu werden.

»Du hast so viel Freude in mein Leben gebracht. Dafür werde ich dir immer dankbar sein, Lucas.« Julie lehnt sich zu mir und gibt mir einen Kuss auf die Wange.

»Und du hast mir gezeigt, dass es gar nicht so schlimm

ist, sich auf einen Menschen einzulassen. Dafür werde ich dir immer dankbar sein.« Das meine ich wirklich so.

Mit Julie war es leicht, Zeit außerhalb des Schlafzimmers zu verbringen. Sie ist der erste Mensch, dem ich mich richtig öffnen konnte. Durch sie habe ich gemerkt, dass ich doch fähig bin, einen Menschen an mich ranzulassen. Vielleicht ist es für andere nichts Besonderes, eine unverbindliche Beziehung zu haben. Aber für mich war es die einzige Beziehung in meinem Leben, die ich je zugelassen habe. Es kann schon sein, dass ich mich nur darauf eingelassen habe, weil ich wusste, dass unsere Zeit begrenzt ist. Aber ich bin froh, diese Erfahrung in meinem Leben gemacht zu haben.

»Kannst du mir bitte noch das Video von unserem Kennenlernabend schicken?« Julie sieht mich verlegen an. Ich habe ihr dieses Video doch schon längst geschickt, sonst wüsste sie ja gar nicht, dass es existiert. »Du hast dieses Video bereits auf deinem Handy«, sage ich.

»Ich hatte… Ich habe es gelöscht, als ich wütend auf dich war, weil du mich im Trampolinpark so schlecht behandelt hast. Jetzt hätte ich es gerne wieder, als

Erinnerung.« Ich muss mir ein Lachen verkneifen, auch wenn es mir einen kleinen Stich versetzt, dass meine Reaktion sie wirklich so verletzt hat. Wir haben diesen Tag nie wieder angesprochen. Genau wie viele andere Dinge, die vielleicht wichtig gewesen wären.

»Ich schicke es dir natürlich nochmal. Es tut mir leid Julie, dass ich damals so kalt zu dir war. Ich hatte Angst. Es ist mir einfach noch nie zuvor eine so tolle Frau begegnet, wie du es bist.«

Julie gibt mir einen Kuss auf die Wange und ich weiß, dass sie mir diesen Tag somit vergeben hat. Sie ist nicht nachtragend. Ich finde es süß, dass sie dieses Video gerne wiederhaben möchte. Wenn sie nur wüsste, wie oft ich es mir schon angesehen habe. Ich bin Paul echt dankbar, dass er mich bei meiner peinlichen Aktion gefilmt hat. Seitdem kann ich jeden Tag Julies wunderschönes Lachen sehen.

»Wie wäre es mit Abschiedssex?«

Julie beginnt zu grinsen und setzt sich auf meinen Schoß. Sie ist wahrscheinlich die einzige Frau, die man so etwas fragen kann, ohne direkt eine Ohrfeige zu bekommen.

»Ich werde es bis zur letzten Sekunde genießen«, sagt sie, während sie sich auf meinem Schoß langsam vor und zurück bewegt.

Julie

Mittwoch, 26. September

Clara und ich sitzen schon den ganzen Nachmittag bei mir auf der Terrasse und ich heule mir die Augen aus dem Kopf. Ich weiß einfach nicht, was ich machen soll. Ich dachte, dass es mir egal sein würde, mich von Lucas zu verabschieden, aber das ist es nicht. Ich bin total verwirrt. Ich weiß nicht, wie das Gespräch mit Nate nächste Woche sein wird und wofür er sich entschieden hat. Ob er sein Leben mit mir oder weiterhin ohne mich verbringen möchte. Das Schlimmste ist aber, dass ich nicht weiß, was von beidem mir lieber wäre. Ich bin einfach nur durcheinander. Ich habe seit dem Gespräch mit Lucas keine einzige Nacht durchgeschlafen und frage mich die ganze Zeit, wie es ihm geht. Ist er froh, dass er wieder sein Single-Dasein ausleben kann oder vermisst er mich?

Ich weiß gar nicht, warum ich mir überhaupt Gedanken darüber mache. Lucas will sicher sowieso keine

Beziehung, auch wenn ich mich für ein Leben ohne Nate entscheide. Was bedeutet, dass ich die Entscheidung über meine Zukunft ohne Rücksicht auf Lucas treffen sollte. Aber das kann ich irgendwie nicht. Ich denke trotzdem die ganze Zeit an ihn und daran, ob unsere gemeinsame Zeit ihn positiv verändert hat. Es würde mir sehr viel bedeuten, wenn die kurze Zeit mit mir etwas von seiner Angst vor Beziehungen genommen hätte.

Irgendwie hatte ich gehofft, dass er bei unserem Abschlussgespräch zumindest versucht, um mich zu kämpfen. Oder zumindest fragt, wofür ich mich entschieden habe. Aber das hat er nicht. Er hat einfach locker lässig über unsere "unbeschwerte" Zeit geredet, als wäre es für ihn das Selbstverständlichste der Welt, dass wir uns jetzt nicht mehr sehen können. Ich bin froh, dass ich seine Handynummer nicht habe. Ich hätte ihn in den letzten Tagen sonst sicher schon mehrmals angerufen und gefragt, ob ich ihm komplett egal bin.

Es reicht schon, dass ich mir durchgehend dieses gottverdammte Video anschaue. Es ist die einzige Erinnerung, die mir von ihm geblieben ist. Wir haben keine gemeinsamen Fotos und auch sonst nichts, was ich mit ihm in Verbindung bringen könnte.

Ich muss sagen, dass es gar nicht die sexuelle Beziehung ist, die ich am meisten vermisse. Sex kann man mit jedem haben, auch wenn unser Sex verdammt gut war. Aber die Unbeschwertheit und die Freundschaft zu Lucas werde ich sehr vermissen. Wir hatten so viel Spaß zusammen und ich konnte in seiner Gegenwart offen aussprechen, was ich dachte. Bei ihm habe ich mich frei gefühlt und das Leben genossen. Dinge, die mir ohne ihn verdammt schwerfallen. Seine positive Art färbt einfach ab. An dem Abend, an dem er erfahren hat, dass seine komplette Vergangenheit eine Lüge war, hat er mir einen der lustigsten Abende meines Lebens beschert. Seine Art, mit Rückschlägen umzugehen, ist erstaunlich. Er sieht immer das Positive am Leben und findet es zu kurz, um traurig zu sein. Das möchte ich aus der Zeit mit Lucas mitnehmen. Ich will das Leben genießen und lachen, bis mir der Bauch weh tut und das jeden Tag. Nur leider tut mein Herz gerade so weh, dass ich nicht fähig bin zu lachen.

»Geht's dir etwas besser?« Claras Blick ist besorgt. Ich

war so in meine Gedanken vertieft, dass ich fast vergessen habe, dass sie noch hier ist.

»Geht schon, danke. Ich weiß einfach nicht, was ich wegen Nate machen soll.« Ich trinke einen Schluck von meinem Aperol und setze mich im Liegestuhl etwas aufrechter hin.

»Hast du ihn denn vermisst?« Clara sieht mich ernst an. Sie meint diese Frage weder vorwurfsvoll noch wertend, da bin ich mir sicher.

»Ich weiß nicht. Ja, natürlich. Am Anfang habe ich ihn sehr vermisst.« Ich stocke kurz. »Aber ab dem Zeitpunkt, als ich mit Lucas zusammen war, ist es immer weniger geworden. Ich habe einfach nur im Moment gelebt und meine Freiheit genossen.« Ich spreche es zum ersten Mal laut aus, dass ich das halbe Jahr ohne Nate gar nicht so schlimm fand wie erwartet. Dass ich nicht so viel Liebeskummer hatte, wie es nach einer siebenjährigen Beziehung eigentlich zu erwarten wäre. Natürlich habe ich ihn vermisst. Aber nicht, weil er nicht mehr mein fester Freund war, sondern eher, weil ich ihn nicht mehr gesehen habe.

»Nur dein Herz kann dir sagen, was du machen sollst,

Julie. Niemand sonst.« Clara nimmt meine Hand. »Ich will dir nur sagen, dass man mit fast jedem Mann ein paar unbeschwerte Monate haben kann. Das ist nicht schwer. Aber man steht nicht mit jedem drei Schicksalsschläge durch.«

Sie hat recht. Ich weiß, dass sie recht hat. Eine kurze lustige Affäre kann man wirklich mit jedem haben. Es geht mir auch gar nicht um Lucas an sich. Ich weiß, dass er nicht der Mensch für ein "für immer und ewig" ist. Es geht mir eher darum, dass ich nicht weiß, ob ich mit Nate wieder zusammen sein will. Er ist das komplette Gegenteil von Lucas. Er ist nicht der Typ, der das Leben genießt und Spaß hat. Er ist ernst und überdenkt jeden Schritt mehrmals. Ich weiß nicht, ob ich mir das für mein restliches Leben wünsche. Er gibt die besten Ratschläge der Welt und ist immer da, um mir den Rücken zu stärken. Aber ich weiß einfach nicht, ob er der Mensch ist, mit dem ich alt werden möchte.

Dieses halbe Jahr hat mir gezeigt, dass es auch anders geht. Dass man frei und glücklich sein kann, egal welche Steine einem das Leben in den Weg legt. Man kann einfach auf sie hinaufsteigen oder über sie hinüberklettern.

»Aber haben wir sie wirklich durchgestanden? Oder sind wir einfach aus Gewohnheit zusammengeblieben?«

Diese Frage habe ich mir auch schon vor Lucas gestellt. Ich habe sie mir im Laufe meiner Beziehung zu Nate schon sehr oft gestellt.

»Das weiß ich nicht, Julie. Ich glaube, das wirst auch du erst wissen, wenn du Nate wiedersiehst und mit ihm sprichst.«

Ich hoffe sehr, dass ich es dann weiß. Eigentlich hätte mir dieses halbe Jahr helfen sollen, meine Fragen zu beantworten. Aber irgendwie bin ich genauso schlau wie vorher. Die Zeit ist so rasend schnell vergangen, dass es sich gar nicht wie sechs Monate anfühlt. Vielleicht hätte ich die Zeit etwas mehr mit nachdenken und etwas weniger mit rumturteln verbringen sollen. Dann hätte ich jetzt vielleicht ein paar Antworten und müsste nicht um Lucas trauern. Ich weiß, dass ich den Nate, der er mal war, über alles geliebt habe. Aber ich weiß nicht, ob ich den Nate liebe, zu dem ihn sein Leben gemacht hat. Es heißt ja in guten wie in schlechten Zeiten. Aber was, wenn die schlechten Zeiten einen Menschen so verändern, dass man ihn über Jahre nicht wiedererkennt?

Was, wenn man gemeinsam erwachsen geworden ist und sich in gegensätzliche Richtungen entwickelt hat? »Ach Clara, wenn auf mein Herz hören nur so einfach wäre. Ich glaube, es weiß zurzeit selbst nicht, was es will.« Wahrscheinlich habe ich auch einfach Angst, am Ende die zu sein, die verletzt wird.

»Das Herz weiß immer, was es will. Wir können es nur oft nicht hören, weil wir zu sehr mit unserem Kopf beschäftigt sind.« Meine Gedanken beschäftigen mich wirklich. Wie schön wäre es, wenn es einen Knopf geben würde, mit dem ich sie einfach für ein bis zwei Stunden ausschalten könnte. Dann würde es mir wahrscheinlich leichter fallen, wieder mehr auf mein Herz zu hören.

Lucas

Sonntag, 30. September

Morgen ist es so weit. Julie und Nate werden wieder zusammenkommen. Was für mich bedeutet, dass ich wieder allein bin. Meine Gefühle diesbezüglich sind sehr gemischt. Ich freue mich für Julie, dass sie einen Mann in ihrem Leben hat, der dazu fähig ist, normale Beziehungen zu führen. Aber ich bin auch traurig für mich, weil ich das erste Mal in meinem Leben so etwas wie Liebeskummer habe. Ich esse kaum noch und kann mich nicht mal mehr richtig auf meine Arbeit konzentrieren. Ich lasse meine Arbeit sogar immer wieder links liegen und es ist mir völlig egal. Das ist noch nie vorgekommen.

Ich würde aber auch gar nicht wollen, dass Julie bei mir bleibt. Ich kann ihr nicht diese Art von Beziehung geben, die sie in ihrem Leben braucht. Julie braucht mehr als nur eine lockere Geschichte, die jeden Tag vorbei sein könnte. Sie braucht einen Mann, bei dem sie ganz genau weiß, woran sie ist und der sich nicht einfach so aus ihrem Leben verabschiedet, nur weil es ihm zu ernst wird.

Mein Liebeskummer geht sicher schnell wieder vorbei und dann ist wieder alles in seiner altbewährten Ordnung. Ich freue mich darauf, wieder nur an mich denken zu müssen.

***

Ich bin gerade auf dem Weg zu meinen Eltern. Kaum zu glauben, dass ich endlich bereit dazu bin, mit ihnen über alles zu reden. Na gut, wahrscheinlich bin ich das gar nicht, aber es ist mir lieber, als die ganze Zeit nur an Julie zu denken. Ich werde noch verrückt. Am liebsten würde ich mich in ihrer Wohnung verstecken, damit ich das Gespräch zwischen ihr und Nate morgen mithören kann. Ich will einfach wissen, wie dieser Nate so ist und ob er Julie verdient hat. Sie hat so traurig gewirkt, als ich sie kennengelernt habe. Ich will nicht, dass er sie wieder in seinen Abgrund hinunterzieht. Außerdem würde es mich sehr interessieren, wie sich Julie entschieden hat. Vielleicht will sie ja gar nicht mehr mit Nate zusammen sein. Ich habe sie nur nicht danach gefragt, weil ich nicht möchte, dass sie glaubt, ich will, dass sie sich für mich entscheidet. Das will ich nicht.

Vielleicht beschäftigt mich die Identität meines leiblichen Vaters ja so sehr, dass ich endlich nicht mehr an dieses gottverdammte Gespräch von morgen denken muss.

»Lucas, bist du es wirklich?«

Meine Mutter ist sichtlich geschockt, als ich an ihrer Tür klingle. Sie hat mich sofort umarmt und mich so fest gedrückt, dass ich fast keine Luft mehr bekommen habe.

»Geh schon mal vor ins Wohnzimmer. Ich hole deinen Vater.«

Es dauert eine gefühlte Ewigkeit, bis die beiden endlich zu mir ins Wohnzimmer kommen. Mein Vater hat eine Box in der Hand. Kommen sie mir jetzt etwa mit meinen Babyfotos?

Auf die Fotos meiner leiblichen Mutter kann ich getrost verzichten. Ich will nicht wissen, wie die Frau aussieht, die mich einfach so im Stich gelassen hat.

Mein Vater sieht sehr nervös aus, was sehr untypisch für ihn ist. Er ist normalerweise Meister darin, seine Gefühle zu verbergen. Genau wie meine Mutter. Aber jetzt gerade sitzen sie wie zwei Häufchen Elend vor mir und hoffen, dass ihr einziger Sohn ihnen verzeiht und wieder Teil ihrer Bilderbuchfamilie wird. Aber diese Bilderbuchfamilie wird es nicht mehr geben. Wenn ich mich dazu entschließe, ihnen zu verzeihen, dann möchte ich eine "echte Familie". Mit Streit, unangenehmen Gesprächen und allem, was dazugehört. Auf die Oberflächlichkeit der letzten Jahre kann ich getrost verzichten, da bin ich lieber allein. Wenn ich genauer darüber nachdenke, war ich das sowieso mein ganzes Leben. Ich habe mich nie jemandem anvertraut oder mich von irgendjemandem richtig geliebt gefühlt. Also wird es mir in Zukunft auch nichts ausmachen.

»Was möchtest du wissen? Stell bitte alle Fragen, die du hast. Wir werden sie dir ehrlich beantworten, versprochen.«

Dann hoffen wir mal, dass es stimmt. Ich bin nicht bereit für weitere Lügen in meinem Leben. Ich weiß aber trotzdem nicht, ob ich bereit für die harte Wahrheit bin. Die Wahrheit tut manchmal mehr weh.

»Warum habt ihr euch entschieden, es weiterhin geheim zu halten, obwohl Laura es herausgefunden hat?«

Mein Dad räuspert sich. Es ist das erste Mal, dass wir miteinander reden, seit das Ganze passiert ist.

»Wir wissen im Nachhinein selbst, dass es der perfekte Zeitpunkt gewesen wäre, um dir alles zu sagen.« Er nimmt einen Schluck aus seinem Wasserglas. »Aber irgendetwas hat uns weiterhin zurückgehalten. Ich kann dir selbst nicht erklären, was es war. Es tut uns leid, dass wir damit die Beziehung von dir und Laura belastet haben.« Mein Vater klingt sehr bedrückt.

Sie haben Laura damit wirklich in eine schlimme Lage gebracht. Das ist das, was mich am meisten daran stört. Ich finde es sehr egoistisch von ihnen, sie da hineinzuziehen und von ihr zu verlangen, ihren Bruder über Jahre hinweg anzulügen. Immerhin muss das gerade für Laura Folter gewesen sein.

»Wer ist mein leiblicher Vater?« Die Reaktion, die

diese Frage bei meinen Eltern auslöst, hätte ich nicht erwartet. Sie haben auf einmal beide Tränen in den Augen, wirken aber eher gerührt als traurig, was ich mehr als komisch finde.

Mein Vater holt einen Zettel aus der Box, die neben uns auf dem Wohnzimmertisch steht. Er gibt ihn mir in die Hand. Es ist ein Vaterschaftstest.

Wollen sie etwa, dass ich mir den Namen selbst vorlese? Sind sie zu feige, ihn einfach laut auszusprechen? Kenne ich den Mann, dessen Name ich darauf finden werde? Mir wird bei dem Gedanken daran ganz mulmig. Ich entschließe mich, es schnell hinter mich zu bringen. Ich habe den Moment der Wahrheit lange genug hinausgezögert und möchte endlich wissen, wer mich gezeugt hat. Wer mein leiblicher Vater ist.

1, 2, 3 und los…

David Jones

Hä? Das kann nicht sein. Das ist der Name meines Vaters. Des Mannes der gerade mit mir hier am Tisch sitzt.

»Was soll das? Wollt ihr mich verarschen? Es ist nicht der richtige Zeitpunkt für irgendwelche Späße.« In mir brodelt es. Ich merke, wie ich wieder so richtig wütend werde. Ich fühle mich wie im falschen Film. Ich war heute bereit, mit ihnen über alles zu reden, aber verarschen lasse ich mich ganz sicher nicht. Sind meine Eltern jetzt auch noch Kriminelle? Hat mein Vater seinen Namen einfach ändern lassen, damit er genauso heißt wie der Mann auf meinem Vaterschaftstest? Oder haben sie einfach Lauras DNA für den Test verwendet? Ich verstehe gar nichts mehr.

»Ich bin dein leiblicher Vater, Lucas.«

Also mit dieser Antwort hätte ich heute am allerwenigsten gerechnet. Ich habe mir alle möglichen Szenarien ausgemalt, aber nicht dieses. Das ist unmöglich. Oder ist er ein mieser Betrüger, der zwei Frauen gleichzeitig flachlegt? So wenig ich auch von Beziehungen halte, wenn man sich dazu entscheidet, eine einzugehen, dann hat man gefälligst treu zu sein.

»Warst du etwa mit meiner Mutter und meiner Tante gleichzeitig zusammen? Das ist ja krank.« Ich kann meinen Ärger kaum noch zurückhalten.

»So war das nicht«, schaltet sich meine Mutter ein.

Mein Vater ergreift wieder das Wort. »Ich hatte einen

One-Night-Stand mit deiner leiblichen Mutter. Lange bevor ich Susanne kennengelernt habe. Ich war an diesem Abend so betrunken, dass ich mich nicht mehr daran erinnern konnte.« Die Worte kommen ihm sichtlich schwer über die Lippen. »Dass du mein Sohn bist, wusste ich nicht, bis ich es in dem Abschiedsbrief deiner Mutter gelesen habe.«

Das wird hier alles immer noch verrückter.

»Ich habe sofort einen Vaterschaftstest machen lassen und unsere DNA hat übereingestimmt.«

Das bedeutet, die Menschen, die mich nach dem Selbstmord meiner Mutter adoptiert haben, sind meine Tante und mein leiblicher Vater. Wow. Wer hätte mit dieser Wendung gerechnet? David ist wirklich mein leiblicher Vater. Ich kann kaum glauben, dass das die ganze Wahrheit sein soll.

Meine Mutter nimmt meine Hand. »Das tut mir alles so leid, Lucas. Für mich war es sehr schwer, dass David dein leiblicher Vater ist. Ich habe mich von meiner Schwester hintergangen gefühlt und hatte immer Angst, dass du mich nicht als deine Mutter sehen könntest, wenn du die Wahrheit erfährst.« Die Tränen rinnen ihr unaufhörlich über die Wangen. »Es war egoistisch von mir, dir die Wahrheit deswegen so lange vorzuenthalten. Bitte gib Laura und deinem Vater nicht die Schuld dafür. Sie haben es nur für mich getan.«

Es muss wirklich hart sein, durch den Selbstmord der eigenen Schwester zu erfahren, dass der eigene Mann eigentlich der Vater deines "adoptierten" Sohnes ist. Es schleicht sich ein leichtes Gefühl von Mitleid bei mir ein. Es muss eine sehr schwere Zeit für meine Mutter gewesen sein.

»Wir verstehen, dass du wütend bist, Lucas. Du hast jedes Recht dazu.« Mein Vater kramt wieder in der Box herum. »Aber bitte lies den Abschiedsbrief deiner Mutter. Vielleicht bist du dann zumindest auf sie nicht mehr so wütend.«

Ich wüsste nicht, welche Worte es rechtfertigen sollten, seinen Sohn einfach so im Stich zu lassen, nehme meinem Vater den Zettel aber trotzdem aus der Hand. Wenn ich ihn heute nicht mitnehme, werde ich nie wieder dazu bereit sein. Ich stecke den Zettel in meine Hosentasche und beschließe, ihn zu Hause zu lesen.

»Möchtest du sonst noch irgendetwas wissen, Lucas?

Bitte frag uns alles, was dich beschäftigt.«

Mein Kopf ist so voll, dass mir keine Fragen mehr einfallen. Nun weiß ich zumindest, in welchem biologischen Verhältnis ich zu meinen Eltern stehe.

Bei dem Gedanken, dass Laura gleichzeitig meine Halbschwester und meine Cousine ist, muss ich kurz schmunzeln. Ich fühle mich wie in einer verrückten Sitcom. Aber wenn ich ehrlich bin, hätte es mich mit meiner Familie wirklich schlimmer treffen können.

»Meine Fragen sind alle beantwortet. Aber ich hätte noch eine Bedingung für die Zukunft.« Meine Eltern schauen beide zu mir auf. Die Angst in ihren Augen ist fast greifbar.

»Alles, was du möchtest«, sagt meine Mutter und stützt sich auf ihrem rechten Arm ab.

»Ich will keine Heile-Welt-Familie mehr. Ich möchte, dass wir uns zukünftig immer die Wahrheit sagen, auch wenn sie unangenehm ist.« Ich nehme jeweils eine Hand meiner Mutter und eine meines Vaters. »Ich bin bereit eine engere Beziehung zu euch aufzubauen und werde mich in Zukunft öfter als nur zu Weihnachten und an Geburtstagen blicken lassen. Aber ihr müsst auch euren

Teil dazu beitragen und in Zukunft nicht mehr alle unangenehmen Themen unter den Teppich kehren.«

Meine Mutter beginnt schon wieder zu weinen.

»Ich vergebe euch.« Ich will keinen Groll in meinem Leben. Ich weiß, dass es nicht in Ordnung ist, dass mich meine Eltern so lange angelogen haben, aber das Leben ist zu kurz, um ewig wütend auf sie zu sein. Sie können es nicht mehr rückgängig machen und ich merke, wie leid ihnen alles tut.

»Ab jetzt nur noch die Wahrheit, egal wie schmerzhaft sie ist«, sagt mein Vater.

»Wenn wir schon beim Thema "unangenehme Wahrheiten" sind…«, bringt sich meine Mutter ein.

Was kann denn jetzt noch kommen?

»Ich fände es gut, wenn du dir Hilfe suchen würdest, um das alles zu überwinden, Lucas. Ich würde mir für dich so sehr eine funktionierende Beziehung wünschen. Vielleicht ist das möglich, sobald du alles aus deiner Kindheit richtig verarbeitet hast.«

War ja klar, dass meine Mutter und Julie derselben Meinung sind, ohne einander überhaupt zu kennen. Es gibt mir sofort einen Stich ins Herz, als ich an ihren

Namen denke. Ich entscheide mich, diese Aussage meiner Mutter unbeantwortet zu lassen. Es geht nur mich etwas an, wie ich mit dieser Situation umgehe. Und ich finde, dass ich den Umständen entsprechend sehr gut darauf reagiere. Ich umarme meine Eltern und mache mich auf den Weg nach Hause. Das ernste Gespräch war lang genug und ich habe Angst, dass meine Mutter noch länger auf dem Psychologenthema herumreitet.

Julie

Montag, 1. Oktober

Leider hat mir mein Herz noch immer nicht gesagt, was ich machen soll, obwohl ich mich sehr bemüht habe, ihm zuzuhören. Heute ist der Tag der Wahrheit und ich bereue es, dass Nate und ich keine Zeit und keinen Ort für unser Gespräch vereinbart haben. Das ist wahrscheinlich normal für ein Treffen, das ein halbes Jahr im Voraus ausgemacht wird. Aber wenn Nate im Einkaufszentrum nicht einfach davongestürmt wäre, hätten wir zumindest dort kurz darüber reden können.

Wann und wo sollen wir uns heute treffen?

Ich muss einfach wissen, mit welcher Uhrzeit ich zu rechnen habe, sonst werde ich noch verrückt. Ich bin so froh, wenn ich diesen Tag endlich hinter mich gebracht habe. Mir ist kotzübel und ich kann an nichts anderes als an dieses Gespräch denken.

Es ist mehr als eine Stunde vergangen, als endlich eine Nachricht von Nate auf meinem Handy erscheint.

Ich bin um 17:00 bei dir, dann können wir eine Runde spazieren gehen und in Ruhe darüber reden, wie es weitergeht.

Spazieren klingt toll. Dann muss ich Nate nicht die ganze Zeit in die Augen schauen, während wir miteinander reden. Aber es beunruhigt mich, dass ich aus seiner Nachricht nichts herauslesen kann.

Wie wird sich das heutige Gespräch entwickeln? Werden wir als Paar oder als Fremde auseinander gehen?

Ein Mittelding kann ich mir bei uns beiden aktuell irgendwie nicht vorstellen.

***

Nate und ich gehen schon eine ganze Weile spazieren. Bis jetzt sind wir noch beim Smalltalk hängen geblieben und keiner hat die wirklich ernsten Themen angesprochen. Aber es freut mich, mich endlich wieder mit ihm unterhalten zu können. Das habe ich vermisst. Nate wirkt viel glücklicher als noch vor einem halben Jahr. Es scheint, als hätte er endlich die Kraft gefunden, seinen Schicksalsschlag zu verarbeiten und ihn loszulassen. Es versetzt mir schon einen leichten Stich in der Magengrube, wenn man bedenkt, dass ich drei Jahre alles versucht habe und er es in einem halben Jahr ohne mich besser hinbekommen hat. Aber manchmal muss man sein Ego einfach ein Stück weit zurückstellen. Ich bin wirklich erleichtert, ihn lachen zu sehen. Meine größte Angst war, dass das nie wieder passieren wird. Ich habe sein Lachen vermisst.

»Wie ist es dir in der Zeit ergangen? Was hast du so gemacht? Wie viele heiße Affären hattest du?« Die Fragen brodeln nur so aus mir heraus. Es interessiert mich einfach, wie er unsere Trennung auf Probe genutzt hat.

Ich habe immer noch Angst, dass er die ganze Zeit allein zu Hause war.

»Natürlich habe ich dich sehr vermisst, aber allein sein hat mir geholfen, selbst Verantwortung für mein Leben und mein Glück zu übernehmen. Ich glaube, ich habe in der kurzen Zeit mehr verarbeitet als die ganze Zeit davor.«

Das habe ich gemerkt. Er ist mir schon im Einkaufszentrum verändert vorgekommen, aber heute wirkt er wirklich, als hätte er sich endlich damit abfinden können.

»Ich war viel beim Sport, bei Selbsthilfegruppen und beim Wandern. Außerdem hatte ich zwei One-Night-Stands, bin am nächsten Morgen aber immer sofort wieder abgehauen.«

Komischerweise freut es mich für Nate, dass er etwas am Laufen hatte. Ich habe nicht einen Funken Eifersucht in mir.

Wie sollte ich auch? Schließlich habe ich mich mehrere Monate mit dem gleichen Typen vergnügt.

Ich hätte Nate gar keine One-Night-Stands zugetraut. Er ist eher der schüchterne Typ und nicht gerade jemand, der im Club einfach so neue Leute kennenlernt. Aber da sieht man mal, was allein sein alles bewirken kann. Nate und ich sind nie viel getrennt voneinander ausgegangen. Es ist schön, dass er das nachgeholt hat.

»Und wie war es bei dir, Julie? Irgendwelche Typen, auf die ich eifersüchtig sein müsste?«

Wahrscheinlich hätte Nate mehr Grund dazu, wirklich eifersüchtig zu sein. Immerhin war es bei mir nicht nur eine heiße Nacht. Lucas hat fast schon in meiner Wohnung gelebt und von unseren Dates will ich gar nicht erst anfangen. Ich beschließe aber trotzdem, ehrlich zu Nate zu sein.

»Nur einen. Er heißt Lucas und wir hatten eine Zeit lang was am Laufen.« Ich muss ja nicht unbedingt ins Detail gehen. Nur weil ich nicht jede Einzelheit erzähle, lüge ich ja nicht gleich. Ich möchte Nate nur nicht verletzen.

»Magst du ihn?« War klar, dass diese Frage kommt.

»Ja, er war ziemlich lustig und sympathisch. Ich hatte eine spaßige Zeit.« Nate gibt mir einen Kuss auf die Wange und nimmt meine Hand.

»Das freut mich sehr für dich, Julie.« Er drückt meine Hand etwas fester. Mir kommt es so vor, als würden seine Worte etwas anderes ausdrücken als seine Taten. Warum nimmt er genau in dem Moment meine Hand, indem er erfährt, dass ich eine tolle Zeit mit jemand anderem hatte? Als wollte er seine Besitzansprüche nochmals klären.

»Was hast du jetzt vor? Wie soll alles weitergehen?«, frage ich schnell, damit wir nicht länger über Lucas reden müssen. Ich möchte nicht noch mehr Fragen zu diesem Thema beantworten und schon gar nicht ins Detail gehen.

»Ich würde es sehr gerne nochmal mit dir versuchen, Julie. Ich habe mich wirklich verändert und glaube, dass ich dir jetzt wieder ein guter Partner sein kann.«

Ich weiß nicht warum, aber ich hatte bis heute irgendwie nicht damit gerechnet, dass Nate mich noch will.

»Wieso warst du dann im Einkaufszentrum so kalt zu mir?« Er hat mich immerhin einfach stehen lassen, als wäre ich eine Fremde. Das hat mich sehr verletzt. Und mich daran zweifeln lassen, ob er mich überhaupt noch in seinem Leben haben will.

»Dich zu sehen, hat mich verwirrt. Ich hatte Angst, dass wir unsere Pause einfach unterbrechen, wenn wir zu lange miteinander reden. Deshalb bin ich gegangen.«

Das hätte man zwar anders regeln können, aber gut, ich verstehe, was er meint. Hallo Herz, wo bist du?

Spätestens jetzt bräuchte ich dringend eine Antwort auf meine 1000 Fragen, die ich dir in letzter Zeit gestellt habe!

»Kannst du mir bitte noch eine Chance geben, Julie? Ich würde es nicht ertragen, dich zu verlieren.«

Vielleicht ist es ein Zeichen des Universums oder die über Umwege zu mir gelangte Antwort meines Herzens, dass Nate mich braucht und will. Er hat sich so gut entwickelt und sich zurück ins Leben gekämpft. Da kann ich ihn doch nicht zurückweisen, nur weil ich mir zurzeit unsicher bin. Sieben Jahre. Die wirft man nicht einfach weg, weil man gerne mehr Spaß im Leben hätte. Und wer weiß? Vielleicht haben Nate und ich ab jetzt ja jede Menge Spaß zusammen.

»Okay.«

Nate strahlt mich an. »Danke Julie. Ich bin froh, dass wir es nochmal versuchen.«

Ich lächle zurück. »Ja, ich auch.«

Auch wenn ich nicht weiß, ob das wirklich der Wahrheit entspricht.

***

Nate und ich waren noch lange spazieren und haben uns über alles Mögliche unterhalten. Wir haben auch beschlossen, es langsam angehen zu lassen. Deshalb ist er danach nicht mehr mit in meine Wohnung gekommen. Ich bin froh darüber, so kann ich den heutigen Tag erstmal richtig verarbeiten und alles sacken lassen. Die Erlebnisse der letzten Wochen waren doch etwas viel und mein Gefühlschaos hat mich sichtlich erschöpft.

Julie

Dienstag, 2. Oktober

Ich bin gerade auf dem Weg zu Lucas. Ich möchte ihm einfach sagen, wie das Gespräch mit Nate geendet hat. Ich weiß, dass ich Lucas keine Rechenschaft schuldig bin, aber vielleicht brauche ich diesen Abschluss auch für mich. Unser Abschied war sehr abrupt und wir haben uns vorher nie mit den Konsequenzen befasst.

Ich habe leider einige Konsequenzen aus der Zeit mit Lucas. Die größte und blödeste davon ist, dass ich ihn durchgehend vermisse.

Es geht etwas besser, seit ich mich gestern für Nate entschieden habe. Jetzt lassen mein Herz und mein Gewissen es nicht mehr so stark zu. Aber weg ist es noch lange nicht. Ich würde fast sagen, dass es sich wie Liebeskummer anfühlt. Auch wenn dieses Wort vielleicht zu stark für die unverbindliche Sache ist, die wir beide hatten. Und doch tut es verdammt weh. Es wird eine Weile dauern, bis ich Lucas komplett aus meinen

Gedanken streichen kann, aber das ist okay. Nate und ich haben vereinbart, es langsam angehen zu lassen und ich habe ihm gesagt, dass ich wahrscheinlich etwas Zeit brauchen werde, bis ich Lucas vergessen habe.

Ich weiß nicht, ob es fair war, Nate damit zu belasten, aber ich wollte ihn auch nicht anlügen. Ich brauche Ehrlichkeit in meinem Leben. Ich will Nate nichts vormachen. Es wäre falsch, ihm gegenüber so zu tun, als wäre alles noch genau so wie vor einem halben Jahr. Das ist es nicht. Wir haben uns beide verändert. Wenn auch zum Positiven, aber es ist trotzdem eine Veränderung.

Nate ist ganz gut damit umgegangen und meinte, dass das normal ist. Mit Lucas habe ich schließlich nur positive Dinge erlebt, deshalb würde ich mich auch nur an seine guten Eigenschaften erinnern. Er meint, dass das so schnell vorbeigeht, wie es gekommen ist. Wahrscheinlich haben Nate und Clara recht. Es ist nicht schwer, mit einem Menschen ein paar schöne und lustige Monate zu haben. Aber das, was Nate und ich gemeinsam durchgestanden haben, schafft nicht jeder.

***

Ich habe nach dem Aussteigen sofort bei Lucas geklingelt, damit ich es mir nicht wieder anders überlegen kann. Ich brauche diesen Abschied.

»Hey, komm rein.« Lucas ist sichtlich überrascht, dass ich heute hier bin. Wahrscheinlich braucht er dieses Gespräch gar nicht. Und ich bin diejenige, die sich schwertut, etwas loszulassen, dessen Ende uns beiden immer bewusst war.

»Was machst du hier, Julie?« Ich weiß nicht, ob diese Frage vorwurfsvoll oder neugierig gemeint war. Wahrscheinlich ein bisschen von beidem. Ich setze mich auf Lucas Couch, weil ich nicht bereit bin, ihm am Esstisch gegenüberzusitzen. Ich beschließe, die Wahrheit gleich auf den Tisch zu legen, damit Lucas nicht auf falsche Ideen kommt.

»Ich wollte mich nur nochmals von dir verabschieden. Ich bin wieder mit Nate zusammen.«

Lucas Blick ist schwer einzuschätzen. Irgendwie wirkt er traurig und eifersüchtig. Aber ich merke, dass er alles versucht, sich das ja nicht anmerken zu lassen. Es ist, als würde er eine Schutzmauer aus Stahl in sich hochziehen. Wie er es immer tut, wenn es um seine Gefühle geht. Lucas strafft seine Schultern.

»Das freut mich sehr für dich, Julie. Ich wünsche euch alles Glück der Welt.« Dieser Satz klang mehr gepresst als aufrichtig, aber wen wundert es? Würde Lucas mir erzählen, dass er jetzt in einer festen Beziehung ist, könnte ich mich auch nicht wirklich darüber freuen.

Trotzdem tut es weh, dass er mir nie zeigt, wenn ihn etwas verletzt. Je näher ihm etwas geht, desto kälter wird er.

»Wie läuft es bei dir? Hast du mit deinen Eltern gesprochen?« Ich hoffe sehr, dass Lucas die Beziehung zu seiner Familie wieder in den Griff bekommt. Immerhin hat er nicht viele Menschen in seinem Leben und ich habe Angst, dass er irgendwann vor Einsamkeit seine glückliche Art verliert.

»Ja, habe ich. Mein Vater ist mein leiblicher Vater.« Ich bin geschockt und schaffe es auch nicht sonderlich gut, das zu verbergen.

»Bedeutet das etwa, dass deine Tante und deine

Mutter sich denselben Mann geteilt haben? Oder hat er die eine mit der anderen betrogen?«

Lucas lacht. Ich weiß nicht, warum ihm bei dieser Frage zum Lachen zumute ist, aber gut.

»Das waren auch meine ersten Gedanken, aber nein. Mein Vater hatte einen One-Night-Stand mit meiner leiblichen Mutter, lange bevor meine Eltern sich überhaupt kannten.«

Okay, ich weiß nicht, inwiefern diese Aussage irgendetwas besser machen sollte. Lucas scheint es meinem Blick anzumerken, denn er redet weiter.

»Mein Vater konnte sich nicht an diese Nacht erinnern. Er war betrunken. Er hat es erst erfahren, als sie den Abschiedsbrief meiner leiblichen Mutter gelesen haben.«

Das klingt ja fast wie in einem Film.

»Es gibt einen Brief? Hast du ihn gelesen? Was steht drin?« Es muss hart sein, sich nicht an seine Mutter erinnern zu können. Aber vielleicht stehen zumindest in diesem Brief ein paar tröstende Worte für Lucas.

»Nein, noch nicht. Ich musste erstmal die Information über meinen Dad verarbeiten. Aber ich habe ihn mitgenommen.«

Normalerweise halte ich ja nichts vom Aufschieben von Problemen, aber in diesem Fall kann ich Lucas sogar verstehen.

»Es würde mich zwar sehr interessieren, was drinsteht, aber ich verstehe, dass du noch nicht bereit dazu bist, Lucas. Ich finde es so stark von dir, dass du bereit warst, mit deinen Eltern über alles zu reden.« Hoffentlich wird ihre Beziehung irgendwann wieder so normal wie möglich.

»Ich habe ihnen sogar verziehen«, antwortet Lucas. Ich springe auf und nehme ihn stürmisch in die Arme. Es freut mich so sehr, dass er es geschafft hat, die Probleme in seinem Leben anzugehen und nicht länger aufzuschieben. Als ich merke, dass ich Lucas immer noch umarme, schrecke ich zurück. Das ist nicht okay. Es ist nicht fair den Typen zu umarmen, mit dem ich bis vor zehn Tagen noch Sex hatte. Ich bin mit Nate zusammen und es würde ihn verletzen, das zu sehen. Und das ist das Letzte, was ich will.

»Ich gehe dann mal lieber. Ich wollte dir nur Lebewohl sagen, Lucas. Ich hoffe sehr, dass du eine Frau findest, die es wert ist, sich auf sie einzulassen.« Es macht mich etwas traurig, dass ich nicht diese Frau war, die Lucas komplett verändern konnte, aber das ist okay. Er hat mein Leben positiv beeinflusst und ich glaube, dass auch ich ein klein bisschen dazu beitragen konnte, dass er lernt, sich zu öffnen. Außerdem hat alles im Leben seine Zeit und Lucas' und meine Zeit war einfach begrenzt. Das wussten wir beide.

»Julie… Ich, ich weiß nicht, was ich sagen soll.« Er stockt. »Ich werde dich sehr vermissen.«

Diese Worte aus Lucas Mund zu hören ist mehr wert als tausend "Ich liebe Dich" von jemand anderem. Ich glaube nicht, dass Lucas das zuvor schon jemals zu jemandem gesagt hat. Es tut weh und macht mich glücklich zugleich. Diese Worte bedeuten mir so viel. Am liebsten würde ich mich auf ihn stürzen und ihn küssen. Aber das geht nicht.

»Ich dich auch. Machs gut.« Ich sprinte aus seinem Haus, weil ich mir nicht sicher bin, wie lange ich mich in seiner Gegenwart noch beherrschen könnte. Ich will nichts tun, was ich später bereuen würde.

Warum bin ich überhaupt nochmal hierhergefahren?

Was habe ich erwartet? Jetzt tut alles nur noch viel mehr weh als vor dem Gespräch. Aber es ist ein Abschluss da. Nun kann ich endlich anfangen, Lucas zu vergessen. Ich hoffe nur, dass es wirklich so leicht wird, wie alle sagen.

Lucas

Freitag, 12. Oktober

Es ist Freitag. Der Tag, an dem ich bis vor wenigen Monaten jede Woche mit Paul und Jens gefeiert habe. Nur, dass mir nicht mehr zum Feiern zumute ist. Aber vielleicht sollte ich mich einfach mal zusammenreißen. Ich kann nicht ewig einer Frau hinterhertrauern, die mit einem anderen zusammen ist und mit der ich sowieso nie etwas Festes haben wollte. Ich werde es heute mal endlich wieder so richtig krachen lassen. Ablenkung tut gut und so komme ich schneller zu meiner alten Ausgehform zurück.

***

Als ich mich gerade zum Feiern fertig mache, fällt ein Zettel aus meiner Hosentasche. Auch das noch. Den

Abschiedsbrief meiner Mutter habe ich in den letzten Wochen gekonnt verdrängt. Ich war zu sehr damit beschäftigt, Julie zu vermissen. Da wollte ich mir nicht auch noch andere Probleme aufhalsen. Am besten lese ich ihn jetzt, dann kann ich meine Gefühle, die darauf folgen werden, anschließend in Alkohol ertränken. Wobei ich kaum glaube, dass eine Frau, die mich im Stich gelassen hat, Gefühle in mir erzeugen wird. Ganz bestimmt nicht. Ich weiß gar nicht, was Abschiedsbriefe überhaupt nützen sollen. Wenn du zu schwach bist zu bleiben, dann geh, aber sülze mich nicht davor noch voll. Ich mache es mir auf meinem Lesesessel gemütlich und beginne zu lesen. Es braucht einige Anläufe, bis ich den Mut dazu aufbringe.

Meine geliebte Susanne,

es ist mir nicht leichtgefallen, diese Entscheidung zu treffen, das kannst du mir glauben. Aber ich wusste keinen anderen Ausweg. Ich bin Lucas nicht die Mutter, die er verdient hat. Du weißt, dass ich immer schon mit meiner Psyche zu kämpfen hatte, aber in letzter Zeit wird es immer schlimmer. Ich fühle mich allein. Ich kann am Morgen kaum noch aufstehen und in der Nacht nicht mehr schlafen. Ich bin nur noch wütend und lasse all meine Wut an Lucas aus. Letzte Woche ist mir sogar die Hand ausgerutscht, weil ihm eine Glasflasche auf den Boden gefallen ist. Das kann doch nicht sein, oder? Das darf nicht sein. Lucas ist so ein toller und glücklicher Junge und ich!? Ich mache ihn traurig. Er hat so sehr geweint, dass es mich nur noch wütender gemacht hat. Ich habe ihn angeschrien, dass er verdammt noch mal erwachsen werden und hier nicht so rumheulen soll. Wann bin ich zu dieser Frau geworden? Zu einer Frau, die ihr Kind schlägt und anschreit. Eine Frau, die nichts als Leere in sich fühlt. Ich weiß nicht, wann das passiert ist. Wahrscheinlich war ich immer schon so, aber meine Tabletten konnten es gut verstecken. Ich habe mich vor einem Monat dazu entschieden, die Tabletten abzusetzen. Sie haben mich betäubt und zu einem anderen Menschen gemacht. Das wollte ich nicht mehr. Ich wollte ich sein. Nicht die Marionette irgendwelcher Ärzte. Meinen Körper wieder richtig spüren, das wollte ich. Und jetzt spüre ich nur Leere und Einsamkeit. Ich habe gemerkt, dass dieser Mensch, der ich in Wirklichkeit bin, nicht verdient hat, eine Mutter zu sein. Ich habe es auch nicht verdient, eine Schwester zu sein. Deine Schwester zu sein. Ich habe dich angelogen, Susanne. Ich weiß, wer Lucas Vater ist. Ich wusste es seit dem Tag, an dem du ihn mir zum ersten Mal vorgestellt hast. Deinen Mann. David. Sei nicht wütend auf ihn. Er weiß nichts davon. Ich habe an der Art, wie er mich begrüßt hat, sofort gemerkt, dass ich eine Fremde für ihn bin. Es war nur eine Nacht, Susanne. Ein betrunkener One-Night-Stand vor neun Jahren und daraus ist Lucas entstanden. Der tollste Junge der Welt. Der wegen mir ohne Vater aufwachsen musste, nur weil ich zu feige war, euch die Wahrheit zu sagen. Aber jetzt kann er bei euch sein. Bei seinem Vater und seiner Tante. Bei dir Susanne. Du bist die beste Mutter, die ich mir für Lucas wünschen kann. Er bekommt sogar eine Schwester. Die süße Laura. Sie sieht David so ähnlich. Würde Lucas David etwas ähnlicher sehen, hättest du die Chance gehabt, es früher zu ahnen. Aber das tut er nicht. Er sieht aus wie du und ich. Ich meine, es wäre auch schwer nur einer von uns beiden ähnlich zu sehen, immerhin sind wir eineiige Zwillinge. Das ist ja das tolle daran. Seine Mutter wird genau gleich aussehen, nur wird sie auch eine gute Mutter sein. Eine liebevolle Mutter, die einen Sohn wie ihn verdient hat. Und das bist du, Susanne.

Danke, dass ich deine Schwester sein durfte, obwohl ich es nicht verdient hatte.

Danke, dass du für Lucas die Mutter sein wirst, die ich ihm nie sein konnte.

In Liebe

Margaret

Meine Hände zittern. Ich falte den Brief schnell zusammen und stecke ihn in eine Schublade. Ich muss schlucken und meine Tränen zurückhalten.

Sie sind eineiige Zwillinge? Wäre das nicht vielleicht eine Information gewesen, die mir Susanne hätte sagen sollen? Aber ich wollte ja nichts über meine leibliche Mutter wissen und ich wollte mir auch kein Foto von ihr ansehen. Susanne und David hätten mir jedes meiner Babyfotos zeigen können und ich hätte nicht mal ansatzweise geahnt, dass das auf den Bildern nicht Susanne ist. Jetzt weiß ich, warum meine Eltern nie über meine frühe Kindheit gesprochen oder mir Bilder gezeigt haben. Ich hätte es einfach nicht bemerkt. Und dann hätten sie es mir sagen müssen. Susanne hätte es nicht übers Herz gebracht, so zu tun, als wäre das auf meinen Babyfotos sie.

Wahrscheinlich habe ich meine leibliche Mutter gar nicht komplett vergessen. Sie hat für mich einfach in Susanne weitergelebt. Vielleicht kann ich mich deshalb nicht an ihren Tod erinnern, weil mein achtjähriges Gehirn mich geschützt hat und mir jeden Tag gezeigt hat, dass meine Mutter ja noch lebt. Schließlich steht sie vor mir. Ich kann sie sehen und sie redet und atmet.

Ich muss Mum anrufen.

»Hallo Lucas, ist etwas passiert?« Da merkt man mal wieder, wie selten ich mich bei ihr melde, wenn ein normaler Anruf gleich Angst in ihr auslöst.

»Nein, alles gut. Ich wollte nur deine Stimme hören und dir sagen, dass ich dich lieb habe.« Ein tiefes Seufzen dringt aus ihrer Kehle.

»Ich habe dich auch lieb Lucas, so sehr. Danke, für deinen Anruf, das bedeutet mir viel.« Ich setze mich wieder auf meinen Sessel.

»Ich habe den Brief gelesen. Ich wusste nicht, dass ihr Zwillinge seid. Mein Gehirn muss einfach geglaubt haben, dass du wirklich meine Mutter bist, deshalb kann ich mich nicht an Margaret erinnern.«

Meine Mutter räuspert sich. »Das glaube ich auch. Ich wollte aber, dass du dir selbst deine Meinung bildest. Margaret wird für immer deine leibliche Mutter sein und ich hatte Angst, dass du denkst, dass ich einfach so ihren Platz eingenommen und sie vergessen habe. Ich vermisse sie jeden Tag und ich wünschte, sie hätte mich um Hilfe gebeten.« Ich höre es meiner Mutter an, dass sie wieder mit ihren Tränen zu kämpfen hat.

»Das weiß ich, Mum. Du wolltest nur das Beste für mich. Du hast das nicht aus Egoismus getan. Du wolltest nie Margarets Platz einnehmen, sondern einfach nur eine gute Mutter für mich sein.«

Da bin ich mir so sicher. Susanne ist ein guter Mensch und es muss hart sein, einfach vor vollendete Tatsachen gestellt zu werden und seinen Neffen großzuziehen. Den Neffen der zufälligerweise auch noch der Sohn des eigenen Mannes ist. Sie hat mich nie spüren lassen, dass ich nicht ihr leiblicher Sohn bin. Sie hat Laura und mich immer gleich behandelt und geliebt. Ich weiß nicht, wie es sich anfühlt, in ihrer Situation zu sein und ich kann auch nicht wissen, wie ich an ihrer Stelle gehandelt hätte.

Das Telefonat hat gutgetan. Ich werde meine Mum in Zukunft öfter anrufen.

***

In der Bar angekommen, habe ich zwar noch immer nicht wirklich Lust auf Feiern, aber eine Ablenkung tut mir sicher gut. Ich bin froh, dass mich der Brief eher positiv als negativ gestimmt hat. Irgendwie ist mein Zorn gegen Margaret ein bisschen mehr verflogen. Ich weiß nicht, wie es ist, psychisch krank zu sein und ich glaube nicht mehr, dass sie mich einfach so im Stich gelassen hat. Sie wusste wahrscheinlich wirklich keinen Ausweg und wollte, dass ich in einem liebevollen Elternhaus aufwachsen kann. Und das bin ich. Ich habe wundervolle Eltern und eine super Schwester und dafür bin ich dankbar.

Jens und Paul sitzen wie immer an unserem üblichen Tisch. Ich freue mich, die beiden mal wieder zu sehen.

Ich habe den Kontakt zu ihnen in den letzten Monaten sehr vernachlässigt. Kann auch daran liegen, dass sich unsere Freundschaft nur aufs Ausgehen bezieht und darauf hatte ich einfach keine Lust. Nach ein paar Getränken mache ich mich auf den Weg zur Tanzfläche. Mich haben im Laufe des Abends sicher schon zwei Frauen angetanzt, aber ich habe mich immer sofort wieder zurückgezogen. Als die Dritte sich gerade an mich ranmacht, beschließe ich, es einfach zuzulassen. Immerhin bin ich Single und kann tun und lassen, was ich will. Außerdem wird es Zeit, Julie zu vergessen und wieder die Vorteile des Singlelebens auszukosten. Keine aufwendigen Dates, keine ernsten Gespräche, einfach nur unverbindlicher Sex.

***

Zu Hause angekommen hat es sich Jenny – ich glaube zumindest, dass sie so heißt - schon auf meiner Couch gemütlich gemacht. Ich bin angenehm betrunken und muss gestehen, dass ich mich nicht daran erinnern kann, worüber wir gesprochen haben. Sie hat durchgehend gesprochen, aber ich habe ihr nicht zugehört. Es interessiert mich nicht, was sie zu sagen hat. Schließlich habe ich sie nicht zum Reden mit nach Hause genommen. Ich lege mich zu ihr auf die Couch und Jenny setzt sich auf meinen Schoß. Sie beginnt, mich wie wild zu küssen und sich auszuziehen. So schön diese Frau auch ist, bei mir regt sich leider gar nichts. Vielleicht dauert es ja nur ein paar Minuten, bis ich richtig in Fahrt komme. Ich ziehe mich aus und versuche, mich voll und ganz fallenzulassen. Es funktioniert nicht. Ich kann an nichts anderes als an Julie denken.

Warum verdammt? Wieso kann ich sie nicht einfach vergessen, wie ich jede andere auch immer sofort wieder vergessen habe?

Nach mehreren Minuten habe ich Jenny dann gebeten zu gehen, weil es so einfach nichts bringt. Sie war etwas eingeschnappt, aber damit kann ich leben. Ich sehe sie sowieso nie wieder. Ich gehe jetzt einfach schlafen und hoffe, dass ich Julie bis morgen vergessen habe. Aber das wird wahrscheinlich leider nicht der Fall sein.

Wenn mir nicht mal Sex über sie hinweghelfen kann, was dann?

Julie

Mittwoch, 17. Oktober

Nate und ich fahren heute gemeinsam in eine Therme, um zu wellnessen. Ich freue mich darauf. Auch wenn ich etwas nervös bin. Nate und ich waren in den letzten zwei Wochen immer nur spazieren oder in Cafés. Wir haben uns seit unserer Trennung auf Probe noch kein einziges Mal nackt gesehen und uns auch nur einmal kurz geküsst. Wir haben ja ausgemacht, dass wir es langsam angehen lassen, aber dass es so langsam sein würde, hätte ich nicht erwartet. Ich bin aber irgendwie ganz froh darüber. Ich habe Angst, dass ich mich beim Sex immer noch nicht richtig auf ihn einlassen könnte. Wir haben nicht mehr über das Kinderthema gesprochen und ich glaube auch, dass wir beim Sex verhüten würden. Aber irgendwie will ich diese Unterhaltung nicht führen. Es liegt auf der Hand, dass man in unserer Situation nicht einfach ein Kind in die Welt setzt. Trotzdem habe ich Angst vor Nates Reaktion, wenn ich ihm vorschlage, ein Kondom zu benutzen. Immerhin haben wir jahrelang ohne Kondom miteinander geschlafen. Deshalb bin ich auch ganz froh, dass es noch nicht mal ansatzweise dazu gekommen ist. Ich muss ehrlich sagen, dass mir die gemeinsame Zeit in der Therme nackt genug und nah genug ist.

***

Wir waren schon in mehreren Saunen und unsere Gespräche sind sehr viel entspannter als früher. Mir kommt es vor, als ob wir vor unserer Pause fast nur über irgendwelche Probleme oder traurigen Themen geredet haben. Jetzt können wir es endlich wieder leichter miteinander haben. Es fühlt sich ein bisschen so an, als könnten wir uns neu kennenlernen. Außerdem haben wir schon lange nichts mehr richtig Schönes unternommen. Die Abwechslung tut da ganz gut.

Wir sind gerade im Nacktschwimmbecken und Nate kommt immer näher auf mich zu. Er legt seine Lippen auf meine und schlingt sich meine Beine um die Hüften. Irgendetwas an dem Kuss fühlt sich anders an als früher. Fast so, als würde sich mein Körper gegen Nates Berührungen wehren. Ich kann mich nicht zu 100% darauf einlassen. Nate scheint es zu merken, denn er zieht sich relativ schnell wieder von mir zurück.

»Denkst du an ihn, wenn wir zusammen sind?« Seine Stimme klingt wütend und vorwurfsvoll. Seine Frage macht mich wiederum wütend.

»Spinnst du eigentlich? Das tu ich nicht, warum sollte ich.« Ich denke wirklich nicht an Lucas, wenn ich mit Nate zusammen bin. Ich weiß selbst nicht, warum mein Körper sich nicht richtig auf ihn einlassen kann. Aber ich denke nicht an Lucas, wenn Nate mich küsst. Ich denke generell nicht an Lucas, wenn ich mit Nate zusammen bin. Gut, wenn ich allein bin, denke ich öfter an Lucas als an Nate. Aber das liegt wahrscheinlich auch daran, dass ich Nate regelmäßig sehe und höre und ich zu Lucas jeglichen Kontakt abgebrochen habe.

Man vermisst doch immer das, was man nicht haben kann, oder?

Nates und meine Gespräche bedeuten mir viel und ich

will das nicht verlieren. Er ist mein bester Freund und weiß so gut wie alles über mich. Die körperliche Nähe wird sich schon wieder entwickeln.

»Warum weist du mich dann ständig von dir? Habe ich irgendetwas falsch gemacht?« Nates Stimme ist nun mehr verzweifelt als wütend und ich bekomme ein schlechtes Gewissen. Ich will ihn gar nicht abweisen, ich weiß ja selbst nicht, was mit meinem Körper los ist.

»Ich brauche einfach etwas Zeit, um mich wieder voll und ganz auf dich einzulassen. Wie du sicher selbst gemerkt hast, waren wir uns körperlich schon lange nicht mehr nah.«

Das stimmt wirklich. Lockeres rumschmusen oder händchenhaltend herumzulaufen hat es bei uns beiden schon eine gefühlte Ewigkeit nicht mehr gegeben. Wir haben vor unserer Pause eigentlich nur nebeneinanderher gelebt. Wie Freunde in einer Wohngemeinschaft.

»Ich weiß. Ich versuche, dir so viel Freiraum wie möglich zu geben, aber dass du mich nicht mal richtig küssen willst, tut verdammt weh.«

Das verstehe ich. Mir würde es genauso gehen. Aber ich kann es nicht ändern. Nate tut so, als würde ich ihn absichtlich abweisen oder zappeln lassen. Aber so ist das nicht. Ich bemühe mich sehr, ihn wieder mehr an mich heranzulassen, aber irgendetwas in mir sträubt sich dagegen.

»Es tut mir leid. Ich will dich auf keinen Fall verletzen.« Ich nehme Nate fest in den Arm und hoffe, dass ihm das erstmal als körperliche Nähe reicht. Zu mehr bin ich derzeit einfach nicht in der Lage. Mehr würde mein Körper und mein Verstand nicht zulassen.

***

Der restliche Tag ist Gott sei Dank ohne weitere Vorfälle oder ernste Gespräche verlaufen. Wir hatten insgesamt einen schönen Tag und ich fühle mich, als wären wir uns ein Stückchen nähergekommen. Ich habe Nate anschließend trotzdem nicht gefragt, ob er noch mit reinkommen möchte. Ich weiß nicht, ob mein Körper einen Kuss zugelassen hätte. Wenn nicht, wäre Nate nur noch mehr verletzt, als er es wahrscheinlich sowieso schon ist. Und das will ich nicht. Ich will eine Bereicherung für Nates Leben sein und keine Last.

Nate

Freitag, 19. Oktober

Ich kann selbst kaum glauben, dass ich gerade vor dem Haus von diesem Typen stehe. Der Typ, der bis vor drei Wochen noch meine Freundin gevögelt hat. Seine Adresse war nicht wirklich schwer herauszufinden, schließlich hat mir Julie seinen Namen gesagt. Jones, wer heißt denn bitte in Österreich Jones mit Nachnamen und wohnt auch noch in so einer Proletenbude. Ich habe fast gehofft, dass er nicht zu Hause ist, damit ich einen Rückzieher machen kann, aber ich sehe ihn bereits durch seine großen Glasfronten am Schreibtisch sitzen.

Was machst du hier eigentlich Nate? Warum machst du deine Entscheidung von einem Fremden abhängig?

Ich läute schnell an der Tür, damit ich es mir nicht doch noch anders überlegen kann.

»Hi, wie kann ich dir helfen?« Wirkt recht sympathisch, dieser Lucas.

»Hi, ich bin Nate. Kann ich kurz reinkommen?« Sein

Blick ist sichtlich verwirrt, immerhin hat er wahrscheinlich nicht damit gerechnet, dass der Freund seiner Ex-Flamme vor der Tür steht. Aber seinem Blick nach zu urteilen, hat er mich an meinem Namen erkannt. Wenigstens hat Julie auch etwas über mich erzählt, während sie sich mit ihm vergnügt hat. Ich habe schon befürchtet, dass sie mich ein halbes Jahr komplett aus ihrem Leben gestrichen hat.

»Wie kann ich dir helfen?«, fragt er nochmal, während er mir ein Glas Wasser auf den Tisch stellt.

Diese Wohnung ist wirklich beeindruckend.

Ich merke, wie ein kleiner Funke Neid in mir aufflammt. Julie kann anscheinend nicht aufhören, an diesen Typen zu denken, und jetzt wohnt er auch noch in einer so noblen Wohnung. Ich spreche einfach direkt an, warum ich hier bin, dann kann ich so schnell wie möglich wieder von hier weg.

»Liebst du sie?« Lucas sieht mich verwirrt an.

»Was tut das zur Sache? Sie ist mit dir zusammen.« Lucas scheint sichtlich genervt über diese Frage. Ich weiß ja selbst nicht genau, warum ich hier bin und weshalb ich das so unbedingt wissen will. Wahrscheinlich hätte ich ihn an seiner Stelle gar nicht erst in die Wohnung gelassen.

»Kannst du bitte einfach ehrlich meine Frage beantworten, damit ich wieder von hier verschwinden kann?« Langsam bin ich auch genervt. Ich kann selbst kaum glauben, dass ich überhaupt hierhergekommen bin. Was habe ich erwartet? Dass mir Lucas sagt, wie ich mich entscheiden soll. Dass er mir diese Last abnimmt?

»Ich mag Julie, wie ich noch nie eine Frau gemocht habe. Aber sie ist mit dir zusammen und das ist auch gut so. Zufrieden?«

Nicht wirklich. Aber ich wüsste selbst nicht, welche Antwort mich zufrieden gestellt hätte. Vielleicht habe ich gehofft, er würde um sie kämpfen und mir einreden, dass er die bessere Wahl für sie ist. Dass er ihr Leben bereichern und ich ihres nur runterziehen würde. Aber das tut er nicht. Er hat sich wahrscheinlich einfach damit abgefunden, dass sich Julie für mich entschieden hat. Genau wie sie. Auch wenn keiner von uns dreien damit wirklich glücklich ist. Ich entschließe mich, von hier zu verschwinden. Lucas scheint ein eher verschlossener Typ zu sein und er kann mir meine Entscheidung sowieso nicht abnehmen. Diese Entscheidung kann nur ich treffen und es wird die schwerste meines Lebens.

Lucas

Samstag, 20. Oktober

Ich weiß noch immer nicht, was die Aktion von diesem Nate gestern bezwecken sollte. Warum fährt er zu meinem Haus, fragt mich, ob ich Julie liebe und haut dann ohne jedes weitere Wort ab? Er ist doch mit ihr zusammen, was tut es dann zur Sache, ob ich sie liebe. Hat er etwa Angst, dass Julie vielleicht doch mich liebt und nicht ihn? Nein, das glaube ich nicht. Erstens wirkt Nate ziemlich selbstbewusst und zweitens hat Julie nie eine Andeutung gemacht, dass sie lieber mich haben möchte. Vielleicht hast du ihr nie die Möglichkeit für Andeutungen gegeben? Ich weiß, dass ich von Anfang an klargestellt habe, dass ich keine Beziehung möchte. Aber Julie ist eine ehrliche Person, sie hätte es mir gesagt, wenn sie gerne weiter mit mir zusammengeblieben wäre, da bin ich mir sicher. Sie will Nate und nicht mich, damit muss ich mich einfach abfinden.

Ich muss Julie endlich vergessen. Es kann doch nicht

sein, dass sich meine Gedanken nur noch um eine Frau drehen. So einer bin ich nicht und so einer möchte ich auch nicht sein. Wenn meine Freunde nur noch über ihre neue Freundin geredet haben, sind sie mir damit einfach nur auf die Nerven gegangen.

Da mir meine Mutter seit Wochen mit einer Therapie in den Ohren liegt, habe ich mich entschlossen, es mal auszuprobieren. Ich muss ja kein zweites Mal hingehen, wenn mir die Therapeutin unsympathisch ist.

Ich habe mich dazu entschieden, zu der Therapeutin zu gehen, die mir Julie damals genannt hat. Wenn sie Julie weiterhelfen konnte und sie sich bei ihr wohlfühlt, kann ich mich vielleicht auch auf sie einlassen. Ich vertraue Julies Menschenkenntnis und Beurteilungsvermögen. Außer bei diesem Nate. Den kann ich nicht leiden. Aber ich muss ja nicht mit ihm zusammen sein.

***

Bei der Psychologin angekommen, bin ich erstaunt. Die Praxis ist ganz anders, als ich sie mir vorgestellt habe. Sie wirkt wie eine idyllische Urlaubsoase. Alles ist beige und voller Pflanzen. Es erinnert mich ein bisschen an Julies Wohnung. Kein Wunder, dass sie sich hier wohlfühlt. Ich muss sagen, auf mich hat die Praxis auch eine beruhigende Wirkung. Jetzt muss nur noch die Sympathie mit der Therapeutin gegeben sein.

Da kommt sie auch schon ins Wartezimmer und holt mich ab.

Ich muss zugeben, Dr. Kolhammer ist auch ganz anders, als ich sie mir vorgestellt habe. Sie ist extrem jung, hat mir sofort das Du angeboten und mit ihrer offenen Art sofort das Eis gebrochen. Auch ihr Besprechungszimmer wirkt nicht wie ein typischer Psychologensprechraum. Zumindest, soweit ich das aufgrund von Filmen beurteilen kann. Alles hier fühlt sich an, als wäre man zu Hause und würde sich mit einer guten Freundin unterhalten. Es ist verwunderlich, aber es fühlt sich an, als würde Olivia mich schon ewig kennen.

Ich habe ihr von meiner Familienkonstellation erzählt und sie konnte sich sofort in alle Beteiligten einfühlen.

Sie hat genau die richtigen Worte getroffen, um meine Gefühle und Ängste zu beschreiben. Sie hat keine Scheu davor, Dinge offen anzusprechen. Sie sagt einem die harte Wahrheit einfach ins Gesicht. Das mag ich. Ich hasse Menschen, die ewig um den heißen Brei herumreden und alles in rosa Watte packen. Sag mir, was du denkst und wie ich es umsetzen kann oder lass es bleiben. Ich bin froh, dass Olivia so gesprächig ist. Ich hatte schon Angst, auf eine mit Block ausgestattete alte Frau zu treffen, die außer "ja mhm!" und "wie fühlst du dich dabei?" nichts zu sagen hat. Aber Olivia ist das komplette Gegenteil. Ich könnte mir vorstellen, in Zukunft öfter hierherzukommen. Es hat gutgetan, einer Außenstehenden alles zu erzählen. Außerdem gefällt mir der Gedanke, dass sie nur so viel über mich weiß, wie ich sie wissen lassen möchte. Das gibt mir ein Gefühl von Kontrolle und ich kann selbst entscheiden, wie ernst und tiefgründig die Gespräche werden. Auch über Julie habe ich viel mit ihr gesprochen. Da wir keine Nachnamen verwenden, weiß sie aber sicher nicht, dass wir von ihrer Patientin Julie reden. Olivia meinte, dass ich es ablegen muss, mich nicht gut genug für jemanden zu fühlen. Ich bin gut so wie ich bin und auch wenn meine nächste Beziehung meine erste richtige sein wird, kann es mich trotzdem verändern. Es muss nicht sein, dass ich das Bedürfnis habe, mich zurückzuziehen und zu verschwinden. Es kann sein, dass ich endlich bereit bin, mich zu öffnen und ein toller Partner zu sein. Ein Partner, der bleibt und eine tiefgründige Beziehung aufbaut. Vielleicht hat sie recht. Wenn ich bereit bin, alles zu verarbeiten und mich auf Menschen einzulassen, muss ich nicht mehr allein sein.

Julie
Dienstag, 30. Oktober

Nate ist hier. In meiner Wohnung. Das erste Mal seit unserer Trennung auf Probe. Ich hatte schon Angst, dass noch irgendwo etwas von Lucas herumliegen könnte. Ich bin wie eine Irre durch die Wohnung gerannt und habe alles kontrolliert. Er hat spontan angerufen, ob er vorbeikommen kann und ich will ihn nicht noch mehr verunsichern. So unsicher wie in letzter Zeit habe ich Nate noch nie erlebt. Ja, er war traurig und schlecht drauf, aber unsicher war er nie. Nate ist ein sehr selbstbewusster Mensch. Er hat meine Liebe zu ihm früher nie angezweifelt. Aber in letzter Zeit kommt es mir so vor, als hätte er jeden Tag Angst, ich könnte mich gegen ihn entscheiden. Ich würde mich nie gegen ihn entscheiden. Das könnte ich ihm niemals antun. Er hat den Verlust seines Bruders nicht verkraftet und ich glaube, er würde auch meinen nicht verkraften. Ich würde Nate niemals im Stich lassen.

Aber als ich mir Nate genauer ansehe, bin ich mir gerade gar nicht mehr so sicher, ob nicht doch er mich verlassen will. Ob er in letzter Zeit nicht nur meine Liebe zu ihm angezweifelt hat, sondern auch seine zu mir. Er setzt sich an den Esstisch und wippt ganz nervös mit seinem rechten Bein hin und her. Er sieht aus wie ein Häufchen Elend. Die Angst steht ihm förmlich ins Gesicht geschrieben. Langsam werde ich nervös. Ich weiß nicht, was er mit mir besprechen möchte. Aber seinem Anblick nach zu urteilen kann es nichts Positives sein. Sein Blick wirkt leer, als hätte er große Angst davor, das Gespräch zu führen, welches er gleich mit mir führen wird. Ich habe schon am Telefon gemerkt, dass etwas ganz und gar nicht in Ordnung ist.

»Was ist los?«, frage ich Nate, während ich mich zu ihm an den Tisch setze. »Ist etwas passiert?« Ich meine, so wie er aussieht, muss er gerade erfahren haben, dass die Welt untergeht.

»Wir müssen reden, Julie.«

Diese Worte haben noch nie etwas Gutes bedeutet. Immerhin habe ich sie vor einem Monat zu Lucas gesagt und seitdem ist er nicht mehr Teil meines Lebens.

Seitdem haben wir keinerlei Kontakt mehr.

Wie würde es sich anfühlen, nicht mehr Teil von Nates Leben zu sein? Keine Gespräche mehr mit ihm führen zu können?

»Dann lass mal hören.« Ich gebe mich so gelassen wie irgend möglich, glaube aber, dass mir meine Nervosität durchaus anzumerken ist.

»Ich habe in den letzten Tagen viel nachgedacht. Durch die körperliche Abweisung deinerseits habe ich gemerkt, dass wir uns wahrscheinlich schon lange nicht mehr so begehren, wie es in einer Beziehung eigentlich sein sollte.«

Will er mir gerade sagen, dass er mich nicht mehr anziehend findet? Oder worauf will er hinaus? Ich meine ja gut, wir hatten schon lange keinen Sex mehr, auch bevor wir uns getrennt haben. Aber das lag nie daran, dass ich Nate nicht attraktiv finde. Nate ist wirklich schön und hat eine begehrenswerte Ausstrahlung. Ich konnte mich einfach nicht mehr auf ihn einlassen, weil ich beim Sex die ganze Zeit darüber nachdenken musste, ob ich endlich schwanger werde. Oder gab es auch noch einen anderen Grund und ich wollte es mir nur nicht eingestehen?

»Mir kommt es fast so vor, als hätten wir uns in den letzten Jahren immer mehr zu Freunden entwickelt, aber keiner von uns beiden wollte es sich eingestehen. So, als hätten wir zwar noch zusammengelebt, uns aber nicht mehr wirklich füreinander interessiert.« Nates Blick wirkt ehrlich, so als würde er gerade sein Innerstes vor mir ausbreiten.

»Machst du gerade mit mir Schluss und schlägst vor, dass wir Freunde bleiben sollen?« Die Frage klingt vorwurfsvoller als gewollt. Aber ich hätte damit heute einfach nicht gerechnet. Er war derjenige, der in der letzten Zeit immer wieder versucht hat, mir körperlich nahe zu kommen. Und jetzt ist er derjenige, der mit mir Schluss macht, weil er sich nicht mehr zu mir hingezogen fühlt? Ich verstehe gar nichts mehr. Das alles verwirrt mich einfach nur noch. Am 1. Oktober wollte er noch unbedingt, dass ich ihm eine zweite Chance gebe. Hätte er mich an diesem Tag nicht regelrecht angefleht, bin ich mir nicht sicher, wie dieses Gespräch ausgegangen wäre.

»Nein, Julie. Ich möchte ein offenes Gespräch mit dir führen und würde gerne deine ehrliche Meinung dazu hören. Kannst du bitte aufhören, so aufmüpfig zu sein?« Er nimmt meine Hand und sieht mich ernst an. »Du weißt, dass du mir alles bedeutest, und ich habe mir diese Entscheidung nicht leicht gemacht. Aber mir kommt es einfach so vor, als wären wir in dem halben Jahr ohneeinander aufgeblüht. Fast so, als hätten wir uns davor gegenseitig am Boden festgehalten und wären jetzt wieder fähig zu fliegen. Das habe ich erst so richtig gemerkt, als wir beide wieder zusammen waren.«

Wow, was für eine Metapher, Nate. Tut mir leid, dass ich dir die Flügel gestutzt habe, während ich versucht habe, dich am Leben zu halten.

»Ich verstehe, was du mir sagen willst. Und ich will auch nicht behaupten, dass ich nicht auch schon mal solche Gedanken hatte. Aber sag mir bitte, was ich falsch gemacht habe. Ich habe alles getan, um dir zu helfen und du hast erst geschafft, wieder glücklicher zu sein, als ich nicht mehr da war. Ich verstehe das einfach nicht.« Diese Tatsache trifft mich am meisten. Ich habe wirklich jeden Tag alles für diese Beziehung und für Nate gegeben und doch war es nie genug.

»Genau das ist das Problem. Du wolltest mir alles

immer abnehmen und mich retten und dadurch habe ich aufgehört, mich selbst zu retten. Erst als du nicht mehr da warst und meinen Schmerz gelindert hast, habe ich gemerkt, dass ich es selbst schaffen muss. Dass nur ich für mein Leben und meine Gedanken verantwortlich bin. Du warst zu gut für mich und hattest zu lange viel zu viel Geduld mit mir.« Nate nimmt mich in den Arm, weil mir die Tränen unaufhörlich über die Wangen laufen. Es tut weh, sich die Wahrheit einzugestehen. Und es fällt schwer, etwas Bekanntes, Vertrautes aufzugeben und sich ins Ungewisse zu stürzen.

»Du hast recht, Nate. Wir wollten uns gegenseitig so sehr helfen, dass wir das Wichtigste vergessen haben: und zwar uns selbst zu helfen.« Nate drückt mich noch etwas fester an sich.

»Du wirst mir für immer unendlich viel bedeuten. Wir sind zusammen erwachsen geworden und haben die schwersten Zeiten unseres Lebens zusammen gemeistert. Aber jetzt ist es an der Zeit, loszulassen und neue Wege zu gehen. Für uns beide. Das bedeutet ja nicht, dass wir nicht mehr am Leben des anderen teilhaben können, aber eben auf eine andere Art und Weise. Eine

Freundschaft mit dir würde mir sehr viel bedeuten, Julie.« Er sagt das so ernst, dass ich mir sicher bin, dass er keinen Zweifel daran hat, dass das der richtige Weg für uns beide ist.

Ich rücke Nate etwas von mir weg und gebe ihm einen Kuss auf die Wange. Er hat recht. Nüchtern betrachtet sind wir mehr Freunde als ein Liebespaar und das schon seit sehr langer Zeit. Tief in meinem Inneren wusste ich das schon lange.

»Danke für alles. Ich wünsche dir, dass du wieder richtig glücklich wirst und die perfekte Lebenspartnerin für dich findest und ich freue mich, dich dabei zu begleiten und eine gute Freundin zu sein.« Das meine ich wirklich so. Es ist okay, dass ich nicht die richtige Frau für Nate bin. Aber ich hoffe sehr, dass er sie findet und wieder richtig glücklich wird. Ich war nicht einmal ansatzweise eifersüchtig, als ich von seinen One-Night-Stands erfahren habe. Vielleicht hätte ich mir an diesem Tag schon eingestehen sollen, dass das kein gutes Zeichen ist. Dass das bedeutet, dass ich Nate nicht mehr als meinen festen Freund haben möchte. Aber ich hatte nicht den Mut dazu, mich ins Ungewisse zu stürzen und Nate seinen eigenen Weg gehen zu lassen. Ich hatte Angst. Angst davor, ihn zu verletzen und ihn mit seinen Gefühlen allein zu lassen. Aber das muss ich jetzt nicht mehr. Ich kann trotzdem für ihn da sein, nur auf eine andere Art. Auf eine, die uns beide bereichert und uns nicht zurückhält, unser Glück zu finden.

»Apropos perfekte Lebenspartnerin…«

Was kommt jetzt? Hat er etwa schon eine neue? Damit hätte ich jetzt nicht gerechnet. Immerhin hat er mir nur von lockeren Geschichten in diesem halben Jahr erzählt und nicht, dass er die Liebe seines Lebens kennengelernt hat.

»Ich war bei Lucas.«

»Nein warst du nicht«, unterbreche ich Nate.

»Doch war ich. Ich glaube, er mag dich sehr, Julie. Und ich weiß, dass du ihn magst. Jetzt, wo du dich nicht mehr verpflichtet fühlen musst bei mir zu bleiben, könntest du ihm doch eine Chance geben, oder?« Passiert das gerade wirklich? Schlägt mir mein 20-Minuten-Ex-Freund gerade vor, einem anderen eine Chance zu geben? Und ich habe gedacht, ER hat eine neue. Stattdessen schlägt er mir vor, dass ich mich gleich ins nächste Abenteuer stürzen soll.

»Das ist lieb von dir, Nate. Aber Lucas will nichts Festes und ich sollte wohl besser eine Zeit lang allein sein und um dich und unsere gemeinsame Zeit trauern.«

Nate sieht mich ernst an. »Wenn du ganz ehrlich bist, hattest du schon ein halbes Jahr Zeit, um zu trauern. Tief im Inneren wussten wir beide, dass es keine Trennung auf Probe sein wird. Wir wollten es uns nur nie zu 100% eingestehen. Loslassen tut weh. Aber uns beiden wird es leichtfallen und guttun.« Diese Worte aus seinem Mund zu hören ist befreiend.

Ich dachte nie, dass Nate die gleichen Gedanken und Fragen hat wie ich. Ich war mir so sicher, dass es ihn zerstören würde, wenn ich mit ihm Schluss mache. Deswegen habe ich den Gedanken nie richtig zugelassen. Ich wäre bei ihm geblieben, um ihn zu schützen und genau das wäre unser beider Untergang gewesen. Ich bin sehr dankbar, dass Nate den Mut hat, Dinge auszusprechen. Dinge, die ich nicht mal zugelassen habe zu denken. Und, dass wir im Guten auseinandergehen können. Wir wünschen uns gegenseitig alles Glück der Welt und wissen, dass ohneeinander für uns beide der einzig richtige Weg ist. Es beeindruckt mich, wie selbstlos Nate ist. Auch wenn er selbst gemerkt hat, dass es besser ist, wenn wir beide befreundet sind, hätte ich doch nie damit gerechnet, dass er mir wünscht, sofort einen neuen Partner an meiner Seite zu haben. Das beweist wieder, was für ein fürsorglicher und guter Mensch er ist. Ich glaube kaum, dass ein anderer Mann sein Ego so zurückstellen und mir nur das Allerbeste wünschen könnte, wie Nate es tut.

Julie

Mittwoch, 21. November

Es tut richtig gut, für mich zu sein. Ich hatte in den letzten Monaten so viel hin und her, dass ich es genieße, meine Zeit allein zu verbringen. Kein schlechtes Gewissen und keine Angst, irgendwen zu verletzen. Einfach nur ich und meine Gedanken. Auch wenn sich diese Gedanken nur um Lucas drehen. Ich denke ununterbrochen an ihn, will aber trotzdem keinen Kontakt zu ihm aufnehmen. Mir ist bewusst, dass Nate und ich eigentlich schon mehr als sechs Monate getrennt sind, aber ich möchte trotzdem ein bisschen Zeit vergehen lassen, bevor ich mich in etwas Neues stürze. Ich finde, das ist auch Nate gegenüber fair. Wir haben ganz normal Kontakt und auch wenn er mir vorgeschlagen hat, mich bei Lucas zu melden, weiß ich doch nicht, wie er darauf reagieren würde, wenn ich es wirklich tun würde.

Nate und ich bekommen das mit dem Freunde sein bis jetzt ganz gut hin. Aber man muss auch dazu sagen, dass sich noch keiner von uns beiden wirklich ernsthaft mit jemand anderem trifft. Ich weiß nicht, wie die Situation werden wird, wenn es mal so weit ist. Immerhin ist es auch für den neuen Partner schwer, wenn die Freundin oder der Freund mit dem Ex befreundet ist und die beiden regelmäßig Kontakt haben. Nate und ich telefonieren ein bis zwei Mal pro Woche und wir waren vorgestern gemeinsam Kaffee trinken. Ich muss sagen, dass mir ein riesen Stein vom Herzen gefallen ist, seit wir wieder getrennt sind. Mir war gar nicht so richtig bewusst, dass ich wirklich nur noch aus Pflichtgefühlen mit Nate zusammen war. Mir geht es richtig gut, seit wir uns für eine Freundschaft entschieden haben und auch Nate kommt mir sehr glücklich vor. Es ist noch etwas komisch, wenn er mir von seinen One-Night-Stands erzählt, aber ich finde es toll, dass er sein Leben genießt und sich richtig auslebt. Ich war bei allem seine erste Frau und er hat wirklich harte Jahre hinter sich. Es freut mich, dass er seine Jugendzeit etwas nachholt und frei von Verantwortung lebt. Das ist genau das, was er gerade braucht. Und auch ich brauche es, dass er mir davon erzählt. Das klingt komisch, aber diese Geschichten beweisen mir, dass es auch für ihn die richtige Entscheidung war. Wenn er wie ein Trauerkloß zu Hause sitzen würde, würde es mir nur mies gehen. Nate müsste nur ein Wort sagen und ich wäre sofort wieder mit ihm zusammen, damit es ihm gut geht. Ich würde ihn jederzeit retten, egal was das für mich selbst bedeuten würde. Und ich glaube, das weiß er. Deswegen bin ich ihm sehr dankbar, dass er mir so ausführlich von seinem Singleleben erzählt. So kann ich beruhigt sein und muss mir keine Sorgen um ihn machen.

Im Gegensatz zu Nate habe ich keine Lust auf heiße Affären und Partynächte. Mir ist seit Tagen schlecht und ich bin so antriebslos und müde, dass ich mich kaum von der Couch aufraffen kann. Es kann doch nicht sein, dass mir die Gedanken an Lucas so auf den Magen schlagen, oder? Fühlt sich so vermissen und Liebeskummer an? Die Gefühle und Gespräche, die mein Körper in letzter Zeit aushalten musste, waren wahrscheinlich einfach zu viel.

Vielleicht sollte ich mich doch mal bei Lucas melden, damit ich dieses Gefühl endlich ablegen kann. Es kratzt aber auch sehr an meinem Ego, dass er nie einen

Versuch unternommen hat, Kontakt zu mir aufzunehmen. Okay, anrufen kann er ja nicht, aber er hätte doch mal kurz vorbeischauen können und fragen, wie es mir geht. Sogar Nate war bei ihm. Ich weiß zwar nicht, über was sie gesprochen haben, aber es hätte ihm doch auffallen können, aus welchem Grund Nate zu ihm gefahren ist. Vielleicht hat Lucas unsere gemeinsame Zeit gar nicht so viel bedeutet, wie ich geglaubt habe. Vielleicht ist er wirklich nur ein Mensch für eine kurze lustige Affäre und ich habe mich in eine Verbindung hineingesteigert, die es in seinen Augen gar nicht gibt.

Auf jeden Fall kommt heute Clara vorbei, um mich etwas abzulenken. Ich freue mich sehr auf einen netten Mädelsabend mit Filmen, Süßigkeiten und Eiscreme.

***

Clara und ich haben uns schon zwei Liebeskomödien reingezogen und Unmengen an Süßigkeiten und Eiscreme vertilgt. Mir ist wieder kotzübel. Vielleicht hätte ich etwas weniger Ben&Jerry's essen sollen. Das Eis ist einfach unwiderstehlich gut. Ich renne auf die Toilette, um mich zu übergeben und Clara folgt mir. Sie hält die ganze Zeit meine Haare zurück, wie sie es schon das ein oder andere Mal beim Ausgehen für mich machen musste. Aber noch nie bei einem Filmeabend. Es ist mir doch etwas peinlich, dass ich so viel Süßes gegessen habe, dass ich kotzen muss.

»Wann hattest du das letzte Mal deine Tage?«, fragt Clara und sieht mich ernst an.

»Keine Ahnung. Was tut das zur Sache, wenn ich mich übergebe?« Als ich Claras Blick sehe, wird mir fast noch übler.

Das kann nicht sein, das darf nicht sein. Ich hole schnell mein Handy und schau in meinen Kalender. Ich erstarre beim Anblick. »Ich… ich hatte sie das letzte Mal Mitte September.« Das kann doch nicht sein. Will mich mein Leben eigentlich verarschen?

»Du hattest seit September nicht mehr deine Tage und hast es nicht gemerkt?« Clara sieht mich erstaunt an. »Das passt gar nicht zu dir. Normalerweise bist du bei allem komplett durchgetaktet und organisiert.«

Ich weiß, ich weiß, ich weiß. Ich trage meine Tage jedes Mal in meine Kalender-App ein, damit ich einen genauen Überblick habe. Seit ich die Pille abgesetzt habe, mache ich das jeden verdammten Monat, um einen Überblick über die Regelmäßigkeit zu haben. Sie kommt immer regelmäßig. Vielleicht mal ein, zwei Tage zu früh oder zu spät. Aber zwei Monate!?

»Ich weiß auch nicht, wie das passieren konnte. Ich war in letzter Zeit so verwirrt vom ganzen Hin und Her zwischen Lucas und Nate, dass es mir nicht aufgefallen ist.« Die Tränen strömen nur so aus mir heraus. Was, wenn ich wirklich schwanger bin? Was soll ich denn dann nur machen?

»Komm, wir fahren in die Nachtapotheke und holen einen Schwangerschaftstest.«

Clara zieht mich vom Boden auf und aus der Wohnung. Ich bin froh, dass sie wenigstens noch einen halbwegs klaren Kopf bewahrt. Ich wäre nicht mal fähig Auto zu fahren, geschweige denn, eine Apothekerin nach einem Schwangerschaftstest zu fragen.

***

Aus einem wurden fünf. Ich möchte mir sicher sein und nicht wegen einem falschen Testergebnis mein komplettes Leben hinterfragen. Ich habe nacheinander alle fünf unter meinen Urinstrahl gehalten. Clara und ich sitzen vor der Badezimmertür und die zwei Minuten fühlen sich wie Stunden an. Wir starren auf mein Handy und zählen die Sekunden des Timers.

»Wie bist du auf die Idee gekommen, mich nach meinen Tagen zu fragen, nur weil ich mich einmal übergeben habe?« frage ich, damit die Zeit schneller vergeht.

»Du warst bei den Filmen heute so sentimental, so kenne ich dich sonst nicht. Außerdem bist du mir in letzter Zeit sehr müde und antriebslos vorgekommen. Hätte natürlich auch nur Liebeskummer sein können, aber ich wollte auf Nummer sicher gehen.«

Es ist schon erstaunlich, wie gut mich Clara kennt. Ich bin froh, einen Menschen wie sie in meinem Leben zu haben.

Er klingelt, der Timer klingelt. Ich würde das

Geräusch gerne einfach ignorieren und so tun, als wäre nichts passiert, aber das wird nichts an meiner Lage ändern. Eine Schwangerschaft könnte man ignorieren, so viel man will, sie wäre trotzdem da.

»Kannst du bitte nachschauen?«, frage ich Clara. Sie steht auf und öffnet die Badezimmertür. Ich höre nichts, sie sagt nichts. Das ist schlecht, das ist verdammt schlecht. Ich stürme ins Bad und reise Clara die Tests aus der Hand.

Zwei Striche. Sie sind positiv. Alle fünf Tests sind verdammt nochmal positiv.

»Vielleicht sind die Tests kaputt«, stottere ich.

»Julie, es tut mir leid, dir das sagen zu müssen, aber die Tests haben eine Zuverlässigkeit von 99%. Ich glaube kaum, dass alle fünf falsch liegen oder kaputt sind. Wir haben sogar verschiedene Marken gekauft.«

Ich sacke auf den Boden. Clara setzt sich neben mich und legt einen Arm um mich.

»Überprüfe das Haltbarkeitsdatum. Vielleicht geht nie jemand in diese Apotheke und sie sind alle abgelaufen«, stammle ich weiter.

»Julie, du bist schwanger. Dieser Fakt lässt sich nicht

wegreden. Aber du bist nicht allein. Ich bin an deiner Seite, egal was passiert und wie du dich entscheidest.«

Das weiß ich. Aber es beruhigt mich nicht. Kein bisschen. Ich fange wieder an zu weinen und kann nicht aufhören. Ich habe so lange versucht, ein Kind zu bekommen und ausgerechnet jetzt, wo ich es nicht möchte, passiert es trotz Verhütung.

»Weißt du denn, von wem es ist?« Andere wären bei dieser Frage sicher beleidigt, aber in meiner Situation ist sie durchaus berechtigt. Immerhin waren meine letzten Monate ein Tanz zwischen Lucas und Nate. Da kann Clara ja gar keinen richtigen Überblick mehr haben. Ich bin froh, dass ich zumindest diese Frage klar beantworten kann, auch wenn es nicht unbedingt positiv ist.

»Nate und ich hatten das letzte Mal vor einem dreiviertel Jahr Sex. Wenn ich also nicht gerade im neunten Monat bin, können wir ihn ausschließen. Dann bleibt nur noch Lucas. Das könnte jetzt im ersten Moment schön für dich klingen, aber das ist es nicht. Lucas will nicht einmal eine feste Beziehung, da steht ein Baby wahrscheinlich nicht gerade weit oben auf seiner Wunschliste.«

Ich glaube, Lucas würde einen Herzinfarkt bekommen, wenn ich ihm von dem Baby erzählen würde. Er liebt seine Freiheit und sein unbeschwertes Leben und ein Baby würde das komplette Gegenteil bedeuten.

»Wir haben jedes einzelne Mal ein Kondom verwendet. Wie kann das sein, Clara?« Ich werde als alleinerziehende Mutter enden. Kein Mann wird mich je wieder wollen.

»Leider kann das immer passieren. Kondome können verrutschen oder kleine Löcher haben. Es ist wie es ist. Wir können es jetzt nicht ändern. Kannst du dir vorstellen, das Baby zu behalten?«

Lustig, dass mir meine beste Freundin diese Frage stellt. Sie weiß, dass ich seit fast vier Jahren versuche, schwanger zu werden. Aber sie weiß auch, dass ich mir die Umstände anders vorgestellt habe. Ich kann selbst nicht sagen, ob es gut ist, unter diesen Umständen ein Baby in die Welt zu setzen. Aber es gibt keinen ausschlaggebenden Grund, es nicht zu tun. Ich bin erwachsen, habe eine schöne Wohnung, bin gesund und finanziell von niemandem abhängig. Klar hätte ich es mir anders gewünscht, aber dieses Baby hat es trotzdem verdient zu leben und geliebt zu werden.

»Ich kann mir nicht vorstellen, es nicht zu behalten.« Diese Antwort genügt. Clara weiß, dass ich, egal was die Zukunft bringen wird, alles für dieses Kind geben werde. Ich werde es bedingungslos lieben, wie ich es mir immer vorgestellt habe. Das Einzige, was schmerzt ist, dass ich nicht weiß, ob es auch einen Vater haben wird.

Julie
Freitag, 23. November

Das Wartezimmer meiner Frauenärztin ist ziemlich voll und doch hat sie mich nach meinem verzweifelten Anruf gestern heute noch eingeschoben. Das weiß ich sehr zu schätzen. Normalerweise dauert es mindestens zwei Wochen, um bei ihr einen Termin zu bekommen. Sie muss mir meine Verzweiflung am Telefon angehört haben. Ich habe sogar ihre private Handynummer angerufen, die eigentlich nur für Notfälle gedacht ist. Aber das ist ein Notfall. Mir ist bewusst, dass fünf Schwangerschaftstests nicht falsch liegen können und doch brauche ich Gewissheit. Es könnte auch nur eine Eileiterschwangerschaft sein und es gibt tausend andere Dinge, die nicht stimmen könnten.

Nach einer halben Stunde bin ich endlich an der Reihe. Auch diesen Termin habe ich mir anders vorgestellt. Ich dachte immer, dass Nate und ich gemeinsam den ersten

Frauenarzttermin als werdende Eltern bestreiten. Doch es ist alles anders. Ich bin allein und das Kind ist nicht mal von Nate. Mit dieser Wendung meines Lebens hätte ich nie gerechnet. Ich hätte nie damit gerechnet, diesen Termin allein wahrnehmen zu müssen. Clara hat mir zwar hundertmal angeboten mitzukommen, aber das wollte ich nicht. Das hätte sich falsch angefühlt.

Meine Frauenärztin hält das Ultraschallgerät auf meinen Bauch. Und ich traue mich fast nicht hinzusehen.

»Der Herzschlag ihres Babys ist sehr kräftig. Es sieht alles gesund aus.«

Erleichterung macht sich in mir breit. Auch wenn ich erst seit zwei Tagen denke, dass ich schwanger bin, wäre es ein herber Schlag gewesen zu hören, dass es nicht so ist. Auch wenn die Umstände, die dazu geführt haben, nicht die besten sind, bin ich doch nach vier Jahren unerfülltem Kinderwunsch endlich schwanger. Ich finde, dass ich jedes Recht habe, mich darüber zu freuen. Der Schock war groß und doch hat sich sofort ein Gefühl der Freude in mir ausgebreitet, als ich von der Schwangerschaft erfahren habe.

»Kann man sagen, in der wievielten Woche ich bin?«

Ich habe versucht, es mir auszurechnen, bin mir aber nicht sicher, ob es stimmt.

»Sie sind in der neunten Schwangerschaftswoche.« Wow, ich bin seit NEUN Wochen schwanger und habe es nicht gemerkt. Wer hätte sich das vor einem Jahr gedacht? Da bin ich bei jeder noch so kleinen Zyklusunregelmäßigkeit sofort ins Geschäft gestürmt und habe mir einen Schwangerschaftstest besorgt. Sogar in Monaten, in denen Nate und ich nicht einmal Sex hatten. Und jetzt bin ich in der neunten Woche und habe noch nicht mal gemerkt, dass ich meine Tage nicht bekommen habe. Kein fiebriges Kalender prüfen, kein Temperatur messen, nichts. Nicht mal der Wunsch, schwanger zu werden. Und doch bin ich es jetzt. Wenn Clara mir nicht die Frage gestellt hätte, wann ich das letzte Mal meine Periode hatte, dann hätte ich mir wahrscheinlich noch länger eingeredet, es würde an meinem Gefühlschaos liegen, dass mir immer schlecht ist und ich mich überfahren fühle. Ich muss sie sofort anrufen.

»Ich bin in der neunten Woche schwanger und du wirst Tante, Clara«, schreie ich freudig ins Telefon.

»Wow, neunte Woche. Damit hätte ich nicht

gerechnet. Kann man schon sagen, ob ich eine Nichte oder einen Neffen bekomme?« Clara klingt mindestens genauso aufgeregt, wie ich mich gerade fühle.

»Haha, nein. Aber das ist auch nicht wichtig. Ich bekomme ein Baby und alles sieht gesund aus.« Ich bin selbst überrascht, wie sehr ich mich gerade über dieses Baby freue. Aber es ist ein Wunder. Es hat sich nach vier Jahren durch ein Kondom gekämpft und den Kampf auch noch gewonnen.

Ich beschließe, nach Hause zu fahren und meinem Großvater davon zu erzählen. Ich weiß nicht, wie er darauf reagieren wird, aber er ist außer meinen Freunden die einzige Familie, die ich noch habe.

***

Ich sitze bei meinem Großvater im Wohnzimmer und warte darauf, dass er sich endlich hinsetzt. Früher habe ich mir immer vorgestellt, wie ich ihn mit einem selbst gebastelten Geschenk oder Ähnlichem mit meiner

Schwangerschaft überrasche. Aber bei dieser Schwangerschaft ist alles anders als geplant, also würde es sich komisch anfühlen, ihm eine Flasche Wein mit "Du wirst Uropa" zu schenken.

»Was bedrückt dich, Julie?«

Er hat schon immer gemerkt, wenn ich ihm etwas zu sagen habe. Ich beschließe, das Pflaster mit einem Ruck abzureißen und die Wahrheit nicht mehr länger hinauszuzögern.

»Ich bin schwanger und das Kind ist nicht von Nate.« Mein Großvater ist sichtlich überrascht. Er weiß, dass Nate und ich schon länger versuchen, ein Kind zu bekommen und dass es leider nie funktioniert hat. Er weiß auch, dass wir nicht mehr zusammen sind. Was er nicht weiß ist, wie viel Zeit ich mit Lucas verbracht habe und wie viel er mir bedeutet. Er war in dem halben Jahr sehr viel bei mir. Ich habe aber immer darauf geachtet, dass er in der Garage parkt, damit mein Großvater es nicht so sehr mitbekommt. Es wäre mir unangenehm gewesen, wenn er gemerkt hätte, wie ich mein halbes Jahr ohne Nate wirklich verbringe.

»Es ist schön zu hören, dass es endlich geklappt hat.

Du bist die unabhängigste Frau, die ich kenne, Julie. Egal was passiert, das Kind hat Glück, dich als Mutter zu haben.«

Mit dieser Reaktion hätte ich niemals gerechnet. Mein Großvater ist sehr altmodisch veranlagt. Meine Großmutter war seine erste und einzige Frau. Selbst nach ihrem Tod hat er sich nie mit irgendeiner anderen Frau getroffen. Er ist ihr sogar noch nach ihrem Tod treu. Mir schießen die Tränen in die Augen, weil ich so froh bin, ihn in meinem Leben zu haben.

»Danke, Opa. Aber ich weiß nicht, was ich machen soll. Ich glaube nicht, dass der Vater des Kindes Lust darauf hat, an seinem Leben teilzuhaben.«

Er sieht mich ernst an. »Unterschätze nicht die Gefühle, die ein Mann für sein Kind haben kann. Viele Männer sind ungeplant Vater geworden und haben ihre Kinder doch über alles geliebt. Das kannst du mir glauben, ich spreche aus Erfahrung.« Er zwinkert mir zu und nimmt mich fest in den Arm.

Ich wusste gar nicht, dass mein Vater kein geplantes Kind war. Da sieht man mal, dass fast kein Leben perfekt nach Plan verläuft.

Auch nicht bei Menschen, bei denen man das nie erwartet hätte.

Lucas

Freitag, 30. November

Es lenkt mich immer noch nichts ab. Es ist jetzt zwei Monate her und ich hatte seit Julie noch keinen einzigen One-Night-Stand. Ich bin schon so oft an ihrem Haus vorbeigefahren, habe mich aber nie getraut zu klingeln. Auch wenn der Auftritt von Nate ziemlich verwirrend war, ist sie mit ihm zusammen und ich will keine Beziehung zerstören. Julie soll Nate nicht wegen einem Typen wie mir verlassen.

Ich war jetzt zwar schon fünfmal bei der Gesprächstherapie und merke Fortschritte, glaube aber kaum, dass fünfmal aus einem beziehungsunfähigen Menschen wie mir einen guten Freund machen können. Julie hat etwas Besseres verdient, als mein Versuchskaninchen für eine Beziehung zu sein. Sie hat jemanden, der seit über sieben Jahren weiß, wie man eine Beziehung führt. Das ist besser so. Aber wie verdammt noch mal schaffe ich es, sie endlich zu vergessen? Bitte, bitte, bitte, ich kann nicht mehr.

Vielleicht muss ich meine Gedanken nur einmal niederschreiben und loswerden. Ich könnte Julie einen Brief schreiben. Immerhin zerstört ein Brief keine funktionierende Beziehung. Sie könnte ihn lesen und anschließend so tun, als hätte es ihn nie gegeben. Oder sie verbrennt ihn, ohne ihn je gelesen zu haben. Ich werde es wahrscheinlich nie erfahren, aber zumindest habe ich einmal ausgesprochen, was ich denke und fühle. So muss ich mir nicht mein restliches Leben vorwerfen, es nicht einmal versucht zu haben. Ich werde den Brief schreiben, bei Julie einwerfen und anschließend werde ich mit ihr abschließen und mir nicht mehr erlauben, an sie zu denken. Du bist so schlau Lucas, vielleicht solltest du auch Therapeut werden. Ich weiß, dass Olivia gesagt hat, dass ich aufhören soll zu denken, dass ich nicht gut genug für Julie bin. Aber Julie ist so perfekt, dass ich es nicht schaffe, diesen Glaubenssatz abzulegen.

Julie

Samstag, 1. Dezember

Die Weihnachtszeit beginnt. Die eigentlich schönste Zeit des Jahres. Aber seitdem meine Eltern nicht mehr leben, habe ich mich nicht mehr auf diese Zeit gefreut. Es ist einfach traurig, unter dem Weihnachtsbaum zu sitzen und zu wissen, dass sie nicht mehr da sind. Ich weiß auch nicht, warum Weihnachten einen immer so sentimental werden lässt und man seine ganze Familienkonstellation hinterfragt. Ist ja nur ein Abend im Jahr und doch ein sehr bedeutsamer. Aber dieses Jahr verspüre ich das erste Mal wieder so etwas wie Freude. Ich bin schwanger. Ich kann es immer noch kaum glauben, dabei komme ich nächste Woche schon in die 12. Schwangerschaftswoche. Das bedeutet, dass die heikle Zeit überstanden ist. Es bedeutet aber auch, dass ich schon drei Monate schwanger bin und es gar nicht mehr so lange dauert, bis mein Kind auf die Welt kommt. Vielleicht sollte ich Lucas so langsam mal aufklären, dass er Vater wird. Egal ob wir beide zusammen sind oder nicht, er hat trotzdem das Recht zu erfahren, dass er ein Kind bekommt. Und vielleicht hat mein Großvater ja recht und er freut sich sogar über die Schwangerschaft. Ich zögere dieses Gespräch schon die ganze Zeit hinaus, mit der Ausrede, dass ich selbst erstmal Zeit brauche, um das Ganze zu verarbeiten. Aber ich habe mir ein Ultimatum gesetzt. Spätestens zum Wochenwechsel in die 12. Woche muss ich es Lucas sagen. So lange habe ich noch Zeit, mich auf dieses unangenehme Gespräch vorzubereiten und die Aufschieberitis voll und ganz auszukosten. Ich bin schwanger, ich darf das. Und es ist Adventszeit, die sollte man eigentlich nicht mit unangenehmen Gesprächen verbringen, sondern mit Vorbereitungen und Weihnachtseinkäufen.

Früher habe ich mir immer vorgestellt, wie ich meinen Kindern selbst Adventskalender bastle und ab nächstem Jahr wird das endlich möglich sein. Ich freue mich sehr darauf, meine Kreativität ausleben zu können. Vielleicht gönne ich mir als Einklang in diesem Jahr einfach selbst mal wieder einen Adventskalender, um mich richtig in Weihnachtsstimmung zu bringen. Als ich mich gerade auf den Weg mache, um meine Besorgungen zu machen, sehe ich, dass vor meiner Tür ein Briefumschlag liegt. Komisch, der Briefträger wirft die Post normalerweise immer in den Briefkasten. Hat den jemand persönlich vorbeigebracht? Ich beschließe, mich auf die Gartenbank zu setzen und den Brief zu öffnen. Ich erkenne die Handschrift sofort. Er ist von Lucas. Seine Handschrift ist unverkennbar. Sie ist sehr schnörkelig, fast so, als hätte ein Volksschüler den Brief geschrieben. Es macht mich nervös, dass er mir einen Brief geschrieben hat. Aber gleichzeitig freue ich mich darüber. Ich muss grinsen und beginne zu lesen.

Liebe Julie,

ich weiß nicht, wo ich anfangen soll, das ist der erste Brief in meinem Leben. Wie schreibt man sowas eigentlich? Wie fängt man da an? Vielleicht mit einem Zitat?

"Die Summe unseres Lebens sind die Stunden, in denen wir liebten." - Wilhelm Busch

(Ja, ich habe gerade nach einem Zitat im Internet gesucht). Ich habe es als sehr passend empfunden, zumindest für meine Situation. Du hast mir gezeigt, was es bedeutet, jemanden zu lieben.

Vielleicht klingt das Wort Liebe in unserer Situation etwas übertrieben für dich. Aber das ist es nicht. Ich habe in den letzten Monaten sehr viel nachgedacht, hauptsächlich über dich und das war keine Absicht, das kannst du mir glauben. Es ist einfach passiert. Ich habe alles versucht, um dich aus meinem Kopf zu bekommen, aber es funktioniert nicht. Das muss Liebe sein. So fühlt es sich also an zu lieben und das durfte ich durch dich erfahren. Ich kenne dich seit 4380 Stunden, was bedeutet, dass ich seitdem richtig lebe. Seit sechs Monaten weiß ich, was es bedeutet, an jemand anderen zu denken als nur an mich selbst. Ich durfte erfahren wie es ist, Händchen zu halten, wundervolle Dates zu planen und ernste Gespräche zu führen. Sex zu haben, bei welchem man etwas fühlt und auch wie weh es tut, wenn die Person, die man liebt, nicht mehr da ist. Durch dich habe ich zu lieben gelernt. Sowohl auf die schöne als auch auf die schmerzhafte Art. Wenn ich so darüber nachdenke, weiß ich gar nicht, ob ich vor dir überhaupt richtig gelebt habe. Ich war glücklich, aber war ich das wirklich oder habe ich nur so getan? Kannte ich einfach nichts anderes?

Ich schreibe dir diesen Brief nicht, damit du dich für mich entscheidest oder dein Leben für mich umkrempelst. Du hast dich für Nate entschieden und das ist okay so. Ich schreibe dir den

Brief, um dir zu danken. Du hast mein Leben verändert und mir die Augen geöffnet. Du bist der erste Mensch, bei welchem ich das Bedürfnis habe, alles was mein Leben betrifft zu erzählen. Ich habe den Brief meiner leiblichen Mutter endlich gelesen. Am liebsten hätte ich dich sofort angerufen und dir alles erzählt, aber ich habe ja nicht mal deine Nummer. Sie und Susanne waren Zwillingsschwestern, ich glaube mein Kopf hat sie einfach für eine Person gehalten. Auch meine Therapeutin vermutet das. Ich gehe sogar zu deiner Therapeutin. Wer hätte gedacht, dass das jemals passieren wird? Olivia erinnert mich ein bisschen an dich. Sie ist genauso offen und knallhart ehrlich wie du es bist. Vielleicht fühle ich mich deshalb so wohl bei ihr. Ich möchte nicht behaupten, dass ich mich komplett verändert habe, aber ich bin auf dem richtigen Weg. Und zumindest bin ich mittlerweile bereit, meine Sicht auf die Dinge zu ändern. Ich sehe jetzt auch die positiven Seiten einer Beziehung. Wie sehr sie das Leben bereichern kann und bin bereit, das Risiko der negativen Aspekte einzugehen. Solltest du irgendwann in deinem Leben aus unerfindlichen Gründen und zu meinem Glück doch Single sein, kannst du dir sicher sein, dass ich bereit bin. Bereit für dich. Ich werde an mir arbeiten und ein besserer Mensch werden, damit ich irgendwann der sein kann, der dich verdient hat.

Auch wenn das vielleicht nie der Fall sein wird. Ich kann mir nicht vorstellen, dass eine andere Frau auch nur ansatzweise das in mir auslösen könnte, was du in mir ausgelöst hast. Immerhin hat es in den fast achtundzwanzig Jahren vor dir keine geschafft.

Auch wenn ich nicht weiß, ob du diesen Brief überhaupt lesen oder sofort wegwerfen wirst, musste ich diese Worte einfach loswerden, damit ich fähig bin, auch wieder an etwas anderes zu denken. Danke, dass du mein Leben bereichert hast.

Dein Lucas

Ich muss mir die Tränen von den Wangen wischen. Mit diesem Brief hätte ich niemals gerechnet. Ich beschließe, meine Besorgungen zu verschieben und zu Lucas zu fahren. Hoffentlich kommt er mit den Neuigkeiten klar und verschließt sich mir gegenüber nicht wieder. So offen und gefühlvoll habe ich ihn noch nie erlebt. Dieser Lucas gefällt mir, sehr sogar.

Lucas

Samstag, 1. Dezember

Es geht mir besser. Seitdem ich meine Worte aufgeschrieben habe, fühle ich mich um einiges leichter. Vielleicht sollte ich mir ein Tagebuch zulegen. Schließlich kann ich Julie nicht jeden Tag mit Briefen bombardieren. Am Ende hält sie mich noch für einen Stalker. Ich sitze auf meinem Schreibtisch und schaue aus meiner Glasfront. Ich liebe diesen Ausblick über die Stadt und bin dankbar, hier wohnen zu dürfen. Als mein Blick zu meiner Einfahrt hinunterfällt, sehe ich Julies Auto. Was macht sie hier? Hat sie meinen Brief gelesen? Ich stürme in meine Einfahrt hinunter, bevor sie es sich wieder anders überlegt und wegfährt. Ich reiße die Beifahrertür auf und setze mich neben sie. Julies Blick ist sichtlich erstaunt. Ich habe schon des Öfteren bemerkt, dass sie mich durch die große Glasfront beobachtet. Ich glaube aber kaum, dass sie wusste, dass ich von da oben einen perfekten Blick nach unten habe. Ich bekomme immer, wenn ein Auto in meine Einfahrt fährt, eine Benachrichtigung mit Foto auf mein Handy. Ich habe es jedes einzelne Mal gemerkt, als Julie mich beim Arbeiten beobachtet hat. Dieses Geheimnis werde ich allerdings für mich behalten. Ich finde es schön, dass sie es macht und sie würde es ab dem Tag, an dem ich es ihr erzählen würde, nie wieder tun. Keiner von uns beiden sagt etwas und wir sitzen einfach nur schweigend in ihrem Auto nebeneinander. Es macht mich etwas nervös, weil ich nicht weiß, warum sie überhaupt hier ist. Vielleicht will sie mir auch nur sagen, dass ich es unterlassen soll, ihr Liebesbriefe zu schreiben. Aber es flammt auch ein Funke Hoffnung in mir auf. Was, wenn sie gar nicht mehr mit Nate zusammen ist? Was, wenn sie mit mir zusammen sein möchte? Auch dieser Gedanke macht mich nervös. Ich habe einfach Angst, alles zu vermasseln und Julie zu verletzen.

»Hey.« Julie durchbricht unser Schweigen und beim Hören ihrer Stimme durchläuft mich sofort ein wohliger Schauer. Wie sehr ich diese Stimme vermisst habe.

»Hey«, erwidere ich.

»Ich habe deinen Brief gelesen.« Julie nimmt meine

Hand in ihre.

»Ich nehme an, er hat dir gefallen, wenn du sofort Lust hast, Händchen zu halten«, necke ich sie und drücke ihre Hand etwas fester. Julie kann sich ein Grinsen nicht verkneifen.

»Ja, das hat er. Ich wusste gar nicht, dass du so kitschig bist.«

Das wusste ich selbst nicht. »War ich auch nicht, bis du in mein Leben getreten bist. Was ist mit dir und Nate?« Es freut mich, dass Julies Blick unverändert bleibt, obwohl ich seinen Namen erwähnt habe.

»Wir sind schon seit über einem Monat nicht mehr zusammen. Wir haben beide gemerkt, dass wir eher Freunde als ein Liebespaar sind und das schon seit langer Zeit. Auch lange vor dir. Und das sind wir jetzt. Freunde.«

Wow. Ich weiß nicht, wie ich es finde, dass die beiden jetzt befreundet sind. Immerhin waren sie sieben Jahre ein Paar. Aber ich freue mich für Julie, dass sie im Guten auseinandergegangen sind. Langsam macht Nates Besuch bei mir mehr Sinn. Vielleicht hat er genauso wie Julie gemerkt, dass er sie nicht mehr wirklich liebt, hatte aber Angst, dass sie ganz allein dasteht. Da hat er Julie sehr unterschätzt. Sie braucht niemanden in ihrem Leben. Sie ist die stärkste Frau, die ich kenne. Eine andere wäre sicher sofort zu mir gefahren und hätte sich über Nate hinweggetröstet. Aber nicht Julie. Sie wäre wahrscheinlich immer noch nicht hier, wenn ich ihr diesen Brief nicht geschrieben hätte.

»Wieso hast du dich nie bei mir gemeldet, obwohl du nicht mehr mit Nate zusammen bist? Empfindest du nicht dasselbe für mich, wie ich für dich?« Ich meine diese Frage nicht vorwurfsvoll. Ich bin wirklich froh, dass sie nicht sofort bei mir angetanzt ist, und doch interessiert mich, was der Grund dafür war. Immerhin ist sie seit einem Monat Single. Ich dachte immer, Nate sei der Grund, warum wir nichts mehr voneinander hören und hätte niemals damit gerechnet, dass sie gar nicht mehr zusammen sind.

»Ich musste erst mal eine Zeit allein sein und mir im Klaren darüber werden, was ich möchte. Außerdem hast du vor deinem Brief nie um mich gekämpft. Mein Stolz hat es einfach nicht zugelassen, schon wieder Kontakt zu dir aufzunehmen.« Sie hat recht.

Ich habe ihr nie das Gefühl gegeben, dass ich mir eine Zukunft mit ihr vorstellen könnte. Sie hatte wahrscheinlich genau so große Angst verletzt und zurückgewiesen zu werden, wie ich. Ich habe mir einfach so sehr gewünscht, dass sie glücklich ist. Ich hätte mein Glück nie vor ihres gestellt. Auch wenn ich mittlerweile weiß, dass sie mein ganzes Glück ist.

»Es tut mir leid, dass ich nie um dich gekämpft habe. Ich war bis vor Kurzem einfach davon überzeugt, dass du etwas Besseres verdient hast. Aber jetzt bin ich bereit, zu dieser besseren Version zu werden. Es wäre mir eine Ehre, mit dir zusammen sein zu dürfen und ich hoffe sehr, dass du mich auch noch willst.«

Jetzt wo es wirklich die Chance gibt, Julie in meinem Leben zu haben, würde es mir das Herz zerreißen, wenn sie sich dagegen entscheiden würde. Es ist mir unerklärlich, wieso ich sie trotz meiner Gefühle so oft vor den Kopf gestoßen habe. Ich hätte es uns beiden so viel einfacher machen und ihr einfach sagen können, was ich für sie empfinde. Aber besser spät als nie.

»Das würde ich sehr gerne, Lucas. Aber es gibt davor noch etwas, das du wissen musst.«

Egal was sie zu sagen hat, ich werde sie nicht mehr gehen lassen. Ich drehe mich noch weiter zu ihr und nehme ihre zweite Hand in meine, um sie das wissen zu lassen. Ich will sie nicht unterbrechen, deshalb muss diese Geste erstmal ausreichen.

»Ich bin schwanger.«

Puh. Erwartet sie etwa, dass ich mit ihr gemeinsam Nates Kind großziehe? Dass wir eine tolle Dreier-Patchwork-Familie abgeben?

»Weiß Nate Bescheid? Wie steht er zu seinem Kind? Will er es mit dir gemeinsam großziehen?« Die Fragen sprudeln nur so aus mir heraus. Ich fände es äußerst feige, wenn er sich vor seiner Verantwortung drücken würde, nur weil die beiden nicht mehr zusammen sind.

»Das Kind ist nicht von Nate. Nate und ich hatten das letzte Mal vor unserer Trennung Sex. Das Kind ist von dir und ich bin in der 11. Schwangerschaftswoche.«

Ich bin schockiert. Dass das Kind von mir sein könnte, habe ich keine Sekunde lang geglaubt. Wir haben immer verhütet. Julie scheint mir meine Verwirrung deutlich anzumerken.

»Auch Kondome sind nicht zu 100% sicher, Lucas

und ich habe dir ja erzählt, dass ich schon lange keine Pille mehr nehme. Ich weiß selbst erst seit zehn Tagen von der Schwangerschaft und musste die Nachricht erst mal verdauen. Ich hätte dir spätestens nächste Woche davon erzählt, aber als ich deinen Brief gelesen habe, bin ich sofort ins Auto gestiegen und hierhergefahren.«

Julie stockt kurz, redet aber weiter. Sie sieht sehr besorgt aus. »Ich habe keinerlei Erwartungen an dich, Lucas. Wenn die Schwangerschaft deine Meinung zu unserer Beziehung ändert, akzeptiere ich das natürlich. Ich erwarte auch keine Alimente oder sonstige Aufwendungen von dir. Ich würde mir nur für unser Kind wünschen, dass du dich dazu entscheidest, Teil seines Lebens zu sein. Ich fände es schade, wenn unser Kind ohne Vater aufwachsen muss.« Julie zieht ihre Hände aus meinen und dreht sich von mir weg. Sie macht die Autotür auf und steigt aus.

Wahrscheinlich bekommt sie genauso wenig Luft wie ich. Julie ist schwanger. Mit meinem Kind. Schon fast drei Monate. Ich werde Vater. Ich kann mich weder bewegen noch etwas sagen. Ich bin wie versteinert. Es vergehen Minuten, bevor ich fähig bin, aus dem Auto auszusteigen und zu Julie zu gehen. Sie muss glauben, dass ich keinen Kontakt zu ihr und dem Kind haben möchte. Mein Schweigen hat sie sichtlich verletzt. Sie kann die Tränen in ihren Augen nicht verbergen. Ich gehe auf sie zu und nehme sie so fest wie nur irgend möglich in den Arm.

»Du bist das Beste, was mir je passiert ist. Es tut mir leid, dass ich kurz gebraucht habe, um all das Gesagte zu verarbeiten. Ich wollte dich auf keinen Fall verunsichern. Das ist die schönste und unerwartetste Wendung in meinem Leben. Ich freue mich auf unsere eigene kleine Familie.«

Julie kann ihre Tränen nicht mehr zurückhalten und zieht mich noch fester an sich heran. Wir bleiben noch ewig so stehen. Keiner von uns beiden sagt ein Wort und doch sagen unsere Körper mehr, als es Worte je tun könnten.

Lucas

Sonntag, 2. Dezember

Julie lernt heute meine Eltern kennen. Wenn Julie wüsste, wie viele erste Male sie mir in meinem Leben beschert hat, wäre das fast peinlich für mich. Aber es ist mir nicht peinlich. Sie hat mich verändert und einen besseren Menschen aus mir gemacht. Ich hatte nach unserer gestrigen Versöhnung sofort das Bedürfnis, sie meiner Familie vorzustellen. Julie war begeistert und meinte, dass wir sie unbedingt in mein Loft zum Essen einladen müssen. Gesagt, getan. Wir sitzen alle gemeinsam an meinem Esstisch und ich kann mein Glück kaum fassen. Meine Mutter und meine Schwester strahlen beide übers ganze Gesicht. Ich habe ihnen in letzter Zeit viel von Julie erzählt, da meine Therapeutin meinte, das würde mir helfen, mich meiner Familie anzunähern und gleichzeitig die Sache mit Julie zu verarbeiten. Dass wir jetzt alle gemeinsam hier sitzen, hätte wohl keiner erwartet. Ich stehe auf und hebe mein Glas.

»Wir haben etwas zu verkünden.«

Meine Eltern und Laura blicken gespannt zu mir auf.

»Julie und ich werden Eltern. Nein, das war natürlich nicht geplant.« Ich muss grinsen. »Und doch ist es die schönste Überraschung aller Zeiten.«

Meine Familie springt freudig von ihren Stühlen auf und umarmt nacheinander Julie und mich.

»Willkommen in unserer Familie, Julie. Es freut uns sehr, dich endlich persönlich kennenzulernen«, sagt meine Mutter, während ihr eine Träne über die Wange läuft.

Ich glaube nicht, dass sie damit gerechnet hat, dass ich sie je zur Großmutter machen werde und schon gar nicht so früh.

***

Julie und ich sitzen erschöpft auf meiner Couch. Es waren sehr schöne, aber auch sehr intensive Tage. Wir haben bis vier Uhr morgens nur geredet und waren anschließend mit den Vorbereitungen für das Familienessen beschäftigt.

»Jetzt, wo du mich geschwängert hast, wäre es an der Zeit, mir deine Telefonnummer zu geben.«, sagt Julie und boxt mich herausfordernd in die Rippen. Ich muss lachen. Ihre Art bringt mich immer wieder aus der Fassung.

»Da wirst du wohl recht haben, obwohl wir sie nicht oft brauchen werden, wenn wir ab heute jeden Tag aufeinander kleben.« Ich weiß, dass es so sein wird. Wir konnten schon in unserer unverbindlichen Zeit nicht genug voneinander bekommen, also wird es jetzt nur umso schlimmer werden. Aber ich freue mich darauf. Auf alles.

»Ich hätte Lust auf Wahrheit oder Pflicht«, sagt Julie und dreht sich in meine Richtung. Ich liebe es, dass dieses Spiel zu unserem ganz persönlichen Ding geworden ist. Andere führen langweilige Gespräche, wir stellen uns unverfrorene Fragen und lustige Aufgaben. Genau das passt zu uns. Passt zu mir.

6 Monate später

Julie

Samstag, 1. Juni

Unsere Tochter hatte es eilig, uns endlich kennenzulernen. Sie ist am Dienstag in der 37. Schwangerschaftswoche zur Welt gekommen. Es war der schmerzhafteste und schönste Moment meines Lebens. Ich hatte etwas Angst, als die Wehen eingesetzt haben. Immerhin war der errechnete Geburtstermin der 19. Juni. Was bedeutet, dass wir drei Wochen früher als geplant Eltern wurden. Diese drei Wochen Vorbereitungszeit hätten Lucas und mir noch gutgetan. Ich kann selbst kaum glauben, dass ich, obwohl mein Leben sonst von A-Z durchorganisiert ist, noch kein Babybettchen gekauft habe. Wir waren einfach so mit dem Umzug und allen möglichen Formularen beschäftigt, dass ich das Babybettchen ganz vergessen habe.

Lucas ist zu mir gezogen. Er nutzt sein Loft jetzt nur noch als Büro. Er hat seit unserer Versöhnung vor sechs Monaten keine einzige Nacht mehr dort geschlafen, weshalb wir im April entschieden haben, dass er auch gleich bei mir einziehen kann. Ich war etwas überrumpelt, als er mir diesen Vorschlag unterbreitet hat, immerhin reden wir hier von Lucas. Dem freiheitsliebenden, beziehungsunfähigen Sunnyboy. Aber das ist er nicht mehr.

Sein Charakter hat sich zu meinem Glück nicht verändert. Er bringt mich noch immer jede Minute zum Lachen und organisiert die ausgefallensten Dates aller Zeiten. Aber er gehört jetzt mir. Ich kann selbst kaum glauben, wie einfach es ist, eine Beziehung mit ihm zu führen. Um ehrlich zu sein, hatte ich große Angst vor weiteren Rückziehern und Abweisungen. Aber es hat nichts dergleichen gegeben. Lucas trägt mich auf Händen und zeigt mir jeden einzelnen Tag, wie froh er ist, mich in seinem Leben zu haben. Genau wie unserer Tochter. Er hat schon im Bauch jeden Tag mit ihr gesprochen und ihr Lieder vorgesungen. Das war der schönste und süßeste Anblick aller Zeiten. Als er sie nach ihrer Geburt im Arm gehalten hat, habe ich Lucas zum ersten Mal weinen sehen. Er konnte die Tränen gar nicht mehr zurückhalten und wollte unsere Tochter nicht mehr aus den Armen geben. Margaret hat sich den tollsten Vater aller Zeiten ausgesucht und ich habe das Glück, ihn meinen Freund nennen zu dürfen. Heute dürfen Margaret und ich endlich nach Hause. Lucas holt uns ab. Er ist schon die ganze Zeit aufgeregt, weil zu Hause eine schöne Überraschung auf uns wartet. Ich hoffe sehr, dass es sich um ein Babybettchen handelt, ansonsten haben wir ein kleines Problem. Ich möchte Margaret von Anfang an nicht in unserem Bett schlafen lassen. Natürlich bekommt sie ein Beistellbett und ist bei uns im Zimmer, aber Lucas und ich können es uns nicht vorstellen, in der Nacht nicht mehr miteinander zu kuscheln. Wir würden alles für unsere Tochter tun und doch möchten wir uns auch als Paar nicht verlieren. Mir ist bewusst, dass sich unsere Intimität in nächster Zeit drastisch verändern wird. Aber das ist okay. Wir hatten, seit wir uns kennen, wahrscheinlich mehr Sex als andere in zehn Jahren Ehe. Darauf können wir auch eine Zeit lang verzichten, aber nicht auf körperliche Nähe. Diese soll uns immer erhalten bleiben, egal ob wir Eltern sind oder nicht. Ich möchte in meiner Beziehung zu Lucas alles richtig machen und darauf achten, dass unsere Liebe und körperliche Anziehung erhalten bleibt.

***

Zu Hause angekommen, steige ich vorsichtig aus dem Auto. Mir tut doch noch alles sehr weh. Lucas nimmt unsere Tochter aus dem Wagen und geht mit ihr voraus. In der Wohnung angekommen, traue ich meinen Augen kaum. Sie ist wunderschön dekoriert mit Luftballons, Girlanden und Fahnen. Am Tisch sitzen mein Großvater, Clara, Laura, Lucas' Eltern und Nate. Was macht Nate hier? Lucas akzeptiert meine Freundschaft zu ihm und doch weiß ich, dass er innerlich manchmal damit zu kämpfen hat. Ich kann kaum glauben, dass er ihn eingeladen hat. Das bedeutet mir mehr als jedes Date, welches er je für mich organisiert hat. Ich gehe langsam zum Tisch und werde von allen freudig umarmt. Keiner kann seine Augen von Margaret lassen, aber sie schläft so seelenruhig in ihrem Bettchen. Wir haben uns dazu entschieden, sie etwas in Ruhe zu lassen.

Lucas hebt sein Glas. »Ich habe etwas zu verkünden.«

Vielleicht möchte er den ganzen Namen unserer Tochter mitteilen. Wir haben den Namen bis jetzt für uns behalten, weil wir nicht wollten, dass uns irgendjemand etwas aus- oder einredet. Wir möchten mit dem Namen an unsere Eltern gedenken. Sie heißt im ersten Namen Margaret, zu Ehren Lucas' leiblicher Mutter. Er wollte das zuerst nicht, weil er meinte, dass ich zu meinen Eltern doch eine viel engere Bindung hatte. Mir gefällt der Name aber. Er ist heutzutage sehr selten und etwas ganz Besonderes. Ganz im Gegenteil zu den Namen meiner Eltern. Michael und Hannah sind bei uns in der Gegend sehr häufig vertreten und ich hätte mich nicht zwischen einer Michaela oder Hannah entscheiden können. Ich hätte immer das Gefühl gehabt, einen von beiden vor den Kopf zu stoßen, wenn ich mich für den jeweils anderen Namen entschieden hätte. Im zweiten Namen heißt unsere Tochter Maria. Da meine Eltern lustigerweise beide diesen weiblichen Zweitnamen hatten. Ich fand das als Kind immer magisch und habe geglaubt, dass meine Eltern dadurch Seelenverwandte sind. Ich meine, es gibt immerhin nicht viele Männer, die im zweiten Namen Maria heißen. Somit heißt unsere Tochter im vollen Namen Margaret Maria Jones und ich finde, das ist der schönste Name der Welt. Lucas räuspert sich, damit ich endlich in seine Richtung blicke.

»Ich habe Clara und Nate gefragt, ob sie Margarets Taufpaten werden möchten und sie haben ja gesagt.«

Ich habe schon wieder Hochwasser in meinen Augen. Was habe ich nur für ein Glück, Lucas an meiner Seite zu haben. Welcher Vater fragt den Ex seiner Freundin, ob er der Taufpate seiner Tochter werden möchte? Lucas ist mehr als selbstlos. Er weiß, dass die Personen, die heute hier sind, die einzige Familie sind, die ich habe und mit seiner Frage hat er es offiziell gemacht.

»Außerdem haben sie sich bereit erklärt, nächsten Samstag ihre erste Amtshandlung anzutreten, damit wir beide unser einjähriges Kennenlernen feiern können.«

Mir ist zwar etwas unwohl bei dem Gedanken, Margaret allein zu lassen, aber ich weiß, dass sie bei Nate und Clara in den besten Händen ist. Lucas und ich werden nicht lange weg sein.

Außerdem freue ich mich darauf, den Tag zu feiern, an dem ich mein Lächeln zurückbekommen habe.

Lucas

Samstag, 8. Juni

Die Nervosität, die ich heute verspüre, habe ich das letzte Mal bei unserem Entscheidungsgespräch gefühlt. Nur, dass es heute zehnmal so stark und Gott sei Dank aus einem positiven Anlass ist. Ich warte auf einem Steg an einem kleinen See auf Julie. Dieser See ist so ruhig und idyllisch, dass er die perfekte Location für das ist, was ich heute vorhabe. Julies Großvater bringt sie mit dem Auto hierher. Ich habe an Margarets Geburtstag bei ihm um Julies Hand angehalten. Er hat ganz anders reagiert, als ich es erwartet hätte. Immerhin kennen Julie und ich uns heute erst seit einem Jahr. Aber er hat sich sehr für uns gefreut und mir außerdem den Ehering von Julies Mutter gegeben. Sie hat den Ring mit einem Brief Julies Großvater überlassen, damit er mal zu Julies Ehering wird. Ich habe alles perfekt geplant.

Clara hat Julie ein Kleid mitgebracht, welches sie "leider zu klein bestellt" hat und ihr angeboten, es mal zu probieren. Es müsste Julie hoffentlich perfekt passen. Ich bin Nate und Clara sehr dankbar, dass sie das heute alles für uns machen. Immerhin muss es besonders für Nate ein komischer Anlass sein, um auf Margaret aufzupassen. Mit ihm habe ich auch geredet. Ich würde jetzt nicht unbedingt sagen, dass ich um seine Erlaubnis gebeten habe und doch war es mir sehr wichtig, dass es für ihn in Ordnung ist. Julie und er haben eine Verbindung, die für Außenstehende manchmal nicht nachvollziehbar ist. Für mich ist es mehr als in Ordnung, dass Nate Teil unseres Lebens ist. Ich mag ihn mittlerweile sogar sehr und wahrscheinlich ist er der erste männliche Freund, mit dem ich auch außerhalb vom Partymachen Zeit verbringe. Auch ich bin dankbar, ihn als Freund in meinem Leben zu haben.

Die Location sieht sehr kitschig, romantisch aus. Ich habe Lampions aufgehängt und Laternen aufgestellt, wie es Julie bereits bei einem unserer Dates gemacht hat. Außerdem habe ich meine Gitarre und einen Stuhl mitgebracht. Ich spiele nicht sonderlich oft, da mir die Zeit fehlt. Aber ich liebe es zu singen und hatte die Idee, dass dies die perfekte Möglichkeit sein könnte, um Julie einen Heiratsantrag zu machen. Julie weiß glaube ich gar nicht, dass ich Gitarre spielen kann. Ich habe sie extra im Loft gelassen und nur dort geübt, damit es heute einen besonderen Überraschungseffekt für sie geben wird. Außerdem ist sie immer dahingeschmolzen, als ich in der Schwangerschaft für ihren Bauch gesungen habe.

***

Aus der Ferne sind Fahrzeuglichter zu erkennen und ich werde noch ein bisschen nervöser, auch wenn das fast nicht mehr möglich ist. Ich weiß nicht, ob Julie heute mit einem Heiratsantrag rechnet, immerhin war bis jetzt jedes unserer Dates etwas Besonderes.

Julie steigt aus dem Auto und trägt das Kleid, welches ich für sie ausgewählt habe. Es ähnelt sehr dem schwarzen Minikleid, mit welchem ich sie in der Bar das erste Mal gesehen habe. Ich wollte aber, dass sie zu diesem besonderen Anlass etwas Neues trägt. Julie grinst mich an und meine Nervosität ist sofort verschwunden. Ich weiß, dass wir beide das Gleiche fühlen, daran gibt es keinen Zweifel. Ich gehe ihr entgegen, nehme sie in den Arm und wirble sie herum. Anschließend hebe ich Julie hoch und setze sie auf der Picknickdecke ab, die ich für sie vorbereitet habe. So hat sie einen perfekten Blick auf meine Performance und kann es sich trotzdem gemütlich machen.

Ich habe das Lied "That Part" von Lauren Spencer Smith gewählt, weil ich, als ich das Lied das erste Mal gehört habe, sofort an Julie und mich denken musste. Bis auf ein, zwei Phrasen musste ich nichts an dem Lied ändern.

Ich setze mich auf meinen Stuhl und hole die Gitarre aus ihrem Versteck heraus. Ich glaube, Julies Blick anzumerken, dass sie sehr überrascht ist, dass ich Gitarre spiele. Genau das war mein Plan. Sie grinst und muss sich eine Träne aus den Augenwinkeln wischen. Ich räuspere mich und beginne zu singen:

We've only been dating for a year
But I'm gonna take a risk and sound a little weird
I want the picket fences

And a arch around the entrance

One ikea bed for the kid

It's normal to be a little scared

But I wanna bend the rules and play some truth or dare

So ask me any question, I don't really care

The only thing I care about is if you'll meet me there

And I want you to take my name

And I know you want the same

When you hold me

I see the end of a movie

Everyone thinks that we're crazy

And maybe we are

I hate the middle, let's skip to the part

When you kiss me

Surrounded by friends and our family

Now is the time to get married

We knew from the start

I'm sick of waiting

So can we just skip to that part?

Ich stehe auf, lege die Gitarre neben mich und knie mich vor Julie auf den Boden. Beim Anblick des Rings ihrer Mutter kann Julie ihre Tränen endgültig nicht mehr zurückhalten.

»Willst du, Julie Meier mit mir, Lucas Jones, den Rest deines Lebens verbringen? Willst du in guten, wie in schlechten Zeiten meine Ehefrau sein, gemeinsam Spaß haben, Wahrheit oder Pflicht spielen und unserer Tochter die besten Eltern sein, die sie sich nur wünschen kann?«

Julies Tränen rinnen unaufhörlich an ihren Wangen hinab.

»Ja ich will.«

Ende

Für lustige erste Dates, Aufpeppen einer langen Beziehung und alles dazwischen...

Wahrheit

Was ist das peinlichste Erlebnis deines Lebens?

Wer war deine erste große Liebe?

Was würdest du machen, wenn du einen Tag im anderen Geschlecht verbringen könntest?

Welches Geheimnis hast du noch nie jemandem anvertraut?

Was würdest du gerne noch mal zum ersten Mal machen?

Was hast du dir gedacht, als du mich zum ersten Mal gesehen hast?

Pflicht

Überleg dir das ausgefallenste Date unseres Lebens!

Singe dein Lieblingslied laut in der Öffentlichkeit!

Frag einen Fremden, ob du heute Nacht bei ihm schlafen darfst!

Mach einen Striptease für mich!

Lass uns mit einer Musikbox in der Hand laut singend spazieren gehen!

Springe nackt in einen See deiner Wahl!

Zeige mir ein Foto von deinem celebrity crush!

Danksagung

Danke an meine Mama, weil sie mich zu dem Menschen gemacht hat, der ich heute bin.

Danke an meinen Papa, weil du immer an meiner Seite bist und mich in allem, was ich vorhabe, unterstützt.

Danke an meine Großeltern, weil ihr meine tollen Bonuseltern seid.

Danke an Samu. Ohne dich würde es dieses Buch gar nicht geben. Du ermutigst mich jeden Tag und bist mein Fels in der Brandung. Vor allem möchte ich dir für das letzte Jahr danken. Du bist in allen Höhen und Tiefen unentwegt an meiner Seite gestanden und warst die größte Unterstützung, die man haben kann.

Danke an Sara. Für hunderte Telefonate. Für deine Überlegungen und Ideen und dass du all meine Lebenswendungen ohne Wenn und Aber hinnimmst.

Danke an Viki, Julia und Tini, einfach, weil ihr die tollsten Freundinnen seid, die man haben kann.

Danke an Guggi und Pici, ihr seid zwei sehr wichtige Menschen in meinem Leben. Meine Chosen Family.

Danke an meine Lektorin Sabrina Krieg. Sie hatte es mit meiner Umgangssprache und meinen Formatierungskünsten manchmal wirklich nicht leicht. Danke für deine Geduld und deine ehrlichen Worte.

Danke an alle Menschen in meinem Leben. Ihr seid entweder mein größtes Geschenk oder meine größte Herausforderung und für beides bin ich dankbar.

Printed in Poland
by Amazon Fulfillment
Poland Sp. z o.o., Wrocław

22510030R00185